初階版

出擊！
日語閱讀
自學大作戰

吉松由美、西村惠子◎合著

山田社
Shan Tian She

前言
preface

> 選擇最聰明的閱讀秘笈，用最短的時間學好日語！
> 單字文法一手掌握，日籍金牌教師群為您打開日語閱讀的大門！
> 想要馬上看懂日語文章，你缺的就是這一本！

不知道該怎麼開始閱讀日語文章嗎？
市面上這麼多閱讀書，不知道該怎麼選嗎？
胡亂買了一堆書，卻不知從何讀起嗎？
放心！閱讀日文書，從這本開始準沒錯！

本書【4大必讀】

☞ 本書旨在培養「透視主旨的能力」，經過讀遍各種經過包裝的文章，就能找出公式、定理和脈絡並進一步活用，就是抄捷徑方式之一。

☞「解題攻略」掌握關鍵的解題技巧，確實掌握問題點及易錯點，說明完整詳細，答題準確又有效率，所有盲點一掃而空！

☞ 本書「單字及文法」幫您整理出初階閱讀必考的主題單字和重要文法，只要記住這些關鍵，閱讀不再驚慌失措！

☞「小知識」單元，將初階閱讀最常出現的各類主題延伸單字、文法表現、文化背景知識等都整理出來了！只要掌握本書小知識，就能讓您更親近日語，實力迅速倍增，進而提升閱讀能力！

★ 名師傳授，完全命中考試內容！

由多位長年在日本、持續追蹤新日檢的日籍金牌教師執筆編寫。無論是閱讀題型、文章內容、設問方式都完全符合現今日語閱讀書的趨勢。讓您徹底抓住文章重點，從此閱讀日文文章好輕鬆！

★ 精闢分析解題，一掃所有閱讀盲點！

閱讀文章總是看得一頭霧水、頭昏眼花？本書中每道試題都附上詳盡的分析解說，說明完整詳細，確實掌握問題點、難點及易錯點，所有盲點一掃而空！有了清楚的解題思路和技巧，絕對百分百掌握日語閱讀！

詳盡解題
分段說明

★ 掌握相關單字、摸透所有文法！

　　每篇文章後都收錄了文中的重點單字和文法，單字、文法、閱讀同步掌握，就是要用最短的時間達到最好的學習效果！有了本書，就等於擁有一部小型單字書及文法辭典，絕對如虎添翼！

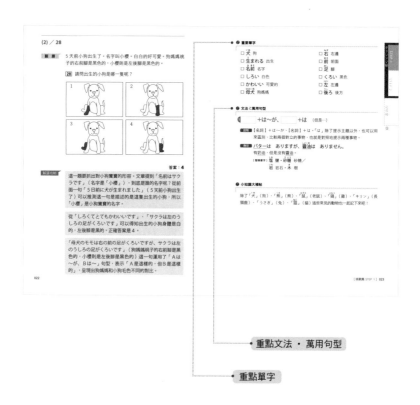

● 重點文法・萬用句型

● 重點單字

★ **小知識萬花筒，透視解題訣竅！**

　　閱讀文章後附上的「小知識」，除了傳授解題訣竅及相關單字，另外更精選貼近日常生活的時事和文化相關知識，內容豐富多元。絕對讓您更切近日本文化、更熟悉道地日語，實力迅速倍增！

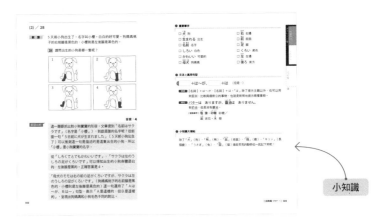

小知識

★ **最豐富的小專欄，學習效果百倍提升！**

　　本書附有最豐富的小專欄，收錄了日本人日常生活的常用句及會話，生活、交友、旅遊、職場一把罩，以後無論遇到什麼主題的文章，都難不倒你啦！

目錄
contents

挑戰篇

チャレンジ編

STEP

1

練習 ① 試しにやってみよう！

つぎの (1)から (3)の ぶんしょうを 読んで、しつもんに こたえて ください。こたえは、1・2・3・4から いちばん いい ものを 一つ えらんで ください。

(1)

　きょうの 昼、友だちが うちに ごはんを 食べに 来ますので、今 母が 料理を 作って います。わたしは、フォークと スプーンを テーブルに 並べました。おさらは 友だちが 来てから 出します。

27 今、テーブルの 上に 何が ありますか。

1　フォーク

2　フォークと　スプーン

3　おさら

4　フォークと　スプーンと　おさら

(2)

　きょうは　山に　登りました。きれいな　花が　さいて　いたので、向こうの　山も　入れて　写真を　とりました。鳥も　いっしょに　とりたかったのですが、写真に　入りませんでした。

28 とった　写真は　どれですか。

(3)

友^{とも}だちに メールを 書^かきました。

来週^{らいしゅう}、日本^{にほん}に 帰^{かえ}ります、一度^{いちど} 会^あいませんか。わたし
は 月曜日^{げつようび}の 夜^{よる}に 日本^{にほん}に 着^つきます。火曜日^{かようび}と 木曜^{もくよう}
日^びは 出^でかけますが、水曜日^{すいようび}は だいじょうぶです。金曜^{きんよう}
日^びは おばさんの 家^{うち}に 行^いきます。

[29] 「わたし」は いつ 時間^{じかん}が ありますか。

1 来週^{らいしゅう}は 毎日^{まいにち}

2 月曜日^{げつようび}

3 水曜日^{すいようび}

4 火曜日^{かようび}と 木曜日^{もくようび}

① 翻譯與解題

請先閱讀下面的文章 (1)～ (3) 再回答問題。請從選項 1・2・3・4 當中選出一個最適當的答案。

(1) ／ 27

翻 譯　今天中午朋友要來我家吃飯，所以家母現在正在煮菜。我把叉子和湯匙排放在餐桌上。盤子就等朋友來了之後再拿出來。

27 請問現在餐桌上有什麼呢？

1 叉子
2 叉子和湯匙
3 盤子
4 叉子、湯匙和盤子

答案：2

解題攻略

這一題問題關鍵在「今」（現在），問的是當下的事情，重點在「フォークとスプーンをテーブルに並べました」（把叉子和湯匙排放在餐桌上），從這一句可以得知餐桌上至少有叉子和湯匙，所以選項1、3是錯的。

至於盤子有沒有在餐桌上面，就要看「おさらは友だちが来てから出します」（盤子就等朋友來了之後再拿出來）。

句型「～てから」（先…）表示動作先後順序，意思是先做前項動作再做後項動作，表示朋友來了之後盤子才要拿出來，由此可知盤子現在沒有擺放在餐桌上面，所以選項4是錯的，正確答案是2。

✐ 重要單字

- □ 今日 今天
- □ 昼 白天
- □ 友だち 朋友
- □ 家 家裡
- □ ごはん 飯
- □ 食べる 吃
- □ 来る 來
- □ 今 現在
- □ 母 我的媽媽；家母

- □ 料理 料理
- □ 作る 作〈飯〉
- □ わたし 我〈自稱詞〉
- □ フォーク 叉子
- □ スプーン 湯匙
- □ テーブル 餐桌
- □ 並べる 排列；排整齊
- □ お皿 盤子
- □ 出す 拿…出來

✐ 文法と萬用句型

1 ⬚⬚⬚ ＋に （去…、到…）

說明【動詞ます形；する動詞詞幹】＋に。表示動作、作用的目的、目標。

例句 泳ぎに　行きます。
去游泳。

[替換單字] 勉強 念書／遊び 玩／旅行 旅行

012

(2) ／ 28

翻　譯　今天我去爬山。山上有盛開的漂亮花朵，所以我把它和對面那座山一起拍了進去。原本也想要拍小鳥的，可是牠沒有入鏡。

28 請問拍到的照片是哪一張呢？

答案：**3**

解題攻略

這一題解題關鍵在「きれいな花がさいていたので、向こうの山も入れで写真をとりました」（山上有盛開的漂亮花朵，所以我把它和對面那座山一起拍了進去），從上下文關係可以判斷這邊舉出的是前面提到的花和這一句提到的山，所以照片裡一定有花和山，因此選項1、2、4都是錯的，正確答案是3。

如果要形容花盛開，可以說「花がさいています」，這邊用過去式「花がさいていた」，暗示當時作者看到的樣子是盛開的，現在就不曉得了。

「鳥もいっしょにとりたかったのですが、写真に入りませんでした」（原本也想要拍小鳥的，可是牠沒有入鏡），這一句的「～たかった」表示說話者原本有某種希望、心願，後面常常會接逆接的「が」來傳達「我本來想…可是…」的惋惜語氣。

🖉 重要單字

- □ 山 山
- □ 登る 登〈山〉
- □ きれい 美麗的
- □ 花 花
- □ 咲く 〈花〉開
- □ 向こう 對面
- □ 一緒に 一起
- □ 写真 照片
- □ 撮る 照〈相〉
- □ 鳥 鳥
- □ 入る 進去…

🖉 文法と萬用句型

1 ☐☐☐ ＋が （但是…）

說明 【名詞です（だ）；形容動詞詞幹だ；[形容詞・動詞]丁寧形（普通形）】＋が。表示連接兩個對立的事物，前句跟後句內容是相對立的。

例句 おいしいですが、高いです。
雖然很好吃，但是很貴。

[替換單字] 丈夫だ／不便です
堅固／不方便

書きました／出して いません
寫完了／沒有提出

🖉 小知識大補帖

想和別人一起拍照合影時該怎麼說呢？只要說「一緒に写真を撮ってもいいですか」（可以一起拍張照嗎）就可以了。想和大家合影時，可以説「みんなで写真を撮りませんか」（大家一起拍照好嗎）。如果是想請別人幫自己拍照，則可以説「写真を撮っていただけますか」（可以幫我拍照嗎）。

(3) ／ 29

翻 譯　我寫了封電子郵件給朋友。

> 下週我會回日本。要不要見個面呢？我星期一晚上抵達日本。星期二和星期四要出門，不過星期三沒事。星期五要去一趟阿姨家。

29 請問「我」什麼時候有空呢？

1 下週每一天
2 星期一
3 星期三
4 星期二和星期四

答案：3

解題攻略

這一題問題關鍵在「いつ」（什麼時候），要仔細留意文章裡面出現的時間、日期、星期。

解題重點在「火曜日と木曜日は出かけますが、水曜日はだいじょうぶです」這一句，說明自己星期二和星期四都要出門（＝有事），所以選項1、4是錯的。

「だいじょうぶ」有「沒關係」的意思，可以用來表示肯定，在這邊是指時間上不要緊，也就是說自己星期三可以赴約，句型「Aは〜が、Bは…〜」表示「A是這樣的，但B是那樣的」，呈現出A和B兩件事物的對比。

月曜日（星期一）的行程是「夜に日本に着きます」（晚上抵達日本），可見這一天約見面不太恰當，所以選項2是錯的，正確答案是3。

🖊 重要單字

☐ メール 電子郵件
☐ 来週 下週
☐ 日本 日本
☐ 帰る 回…
☐ 会う 見面
☐ 月曜日 星期一
☐ 夜 晚上
☐ 着く 到達

☐ 火曜日 星期二
☐ 木曜日 星期四
☐ 出かける 出門
☐ 水曜日 星期三
☐ 大丈夫 沒問題；靠得住
☐ 金曜日 星期五
☐ おばさん 阿姨

🖊 文法と萬用句型

1 ⬚ ＋に （給…、跟…）

說明 【名詞（對象）】＋に。表示動作、作用的對象。

例句 弟に　メールを　出しました。
寄電子郵件給弟弟了。
[替換單字] 両親 父母／兄弟 兄弟姊妹／家族 家人

2 ⬚ ＋ませんか （要不要…吧）

說明 【動詞ます形】＋ませんか。表示行為、動作是否要做，在尊敬對方抉擇的情況下，有禮貌地勸誘對方，跟自己一起做某事。

例句 週末、遊園地へ　行きませんか。
週末要不要一起去遊樂園？
[替換單字] 実家に　帰り 回老家／映画を　見に　行き 去看電影

STEP 1 **練習 ②** 試しにやってみよう！

つぎの (1)から (3)の ぶんしょうを 読んで、しつもんに こたえて ください。こたえは、1・2・3・4から いちばん いい ものを 一つ えらんで ください。

(1)

　きょう お昼に、本屋へ 10月の 雑誌を 買いに 行きましたが、売って いませんでした。お店の 人が、あしたか あさってには お店に 来ると 言いましたので、あさって もう 一度 行きます。

27 いつ 雑誌を 買いに 行きますか。
1 来月
2 きょうの 午後
3 あさって
4 あした

(2)

　5日前に　犬が　生まれました。名前は　サクラです。しろくて
とても　かわいいです。母犬の　モモは　右の　前の　足が
くろいですが、サクラは　左の　うしろの　足が　くろいです。

28　生まれた　犬は　どれですか。

(3)

机の　上に　メモが　あります。

> 　　わたしと　山田先生は　となりの　部屋で　会議を　し
> て　います。ほかの　学校からも　先生が　5人　来まし
> た。会議で　使う　資料は　今　4枚　ありますが、3枚
> 足りませんので、コピーを　お願いします。

29　今　となりの　部屋には　全部で　何人　いますか。

1　3人

2　5人

3　7人

4　8人

② 翻譯與解題

請先閱讀下面的文章 (1) ～ (3) 再回答問題。請從選項 1・2・3・4 當中選出一個最適當的答案。

---

(1) ／ 27

翻 譯 今天中午我去書店買 10 月號雜誌，但是書店沒有賣。店員說，明天或後天雜誌會到貨，所以我後天還要再去一趟。

27 請問什麼時候要去買雜誌呢？

1 下個月
2 今天下午
3 後天
4 明天

答案：**3**

解題攻略

這一題問題關鍵在「いつ」，要注意題目出現的時間。

解題重點在「お店の人が、あしたかあさってにはお店に来ると言いましたので、あさってもう一度行きます」，這一句明確地指出作者要後天再去一趟書局（買雜誌），因此正確答案是 3。

「あしたかあさって」（明天或後天）是指雜誌到貨的時間，「か」是「或」的意思，表示有好幾種選擇，每一種都可以。

❶ 重要單字

□ 本屋 書店
□ 雑誌 雜誌
□ 買う 買
□ 売る 賣

□ お店 店家
□ あした 明天
□ あさって 後天
□ もう一度 再一次

❷ 文法と萬用句型

1 ［　　　　　］＋か＋［　　　　　］＋か （…或是…）

　説明　【名詞；形容詞普通形；形容動詞詞幹；動詞普通形】＋か＋【名詞；
　　　形容詞普通形；形容動詞詞幹；動詞普通形】＋か。「か」也可以接在
　　　最後的選擇項目的後面。跟「～か～」一樣，表示在幾個當中，任選其
　　　中一個。

　例句　辺見さんが　結婚して　いるか　いないか、知って　いますか。
　　　你知道邊見小姐結婚了或是還沒呢？

2 ［　　　　　］＋に （去…、到…）

　説明　【動詞ます形；する動詞詞幹】＋に。表示動作、作用的目的、目標。

　例句　図書館へ　勉強に　行きます。
　　　去圖書館唸書。

翻 譯	5 天前小狗出生了。名字叫小櫻。白白的好可愛。狗媽媽桃子的右前腳是黑色的，小櫻則是左後腳是黑色的。

28 請問出生的小狗是哪一隻呢？

答案：**4**

解題攻略	這一題要抓出對小狗寶寶的形容。文章提到「名前はサクラです」（名字是「小櫻」），到底是誰的名字呢？從前面一句「5日前に犬が生まれました」（5天前小狗出生了）可以推測這一句是描述的是這隻出生的小狗，所以「小櫻」是小狗寶寶的名字。

從「しろくてとてもかわいいです」、「サクラは左のうしろの足がくろいです」可以得知出生的小狗身體是白的，左後腳是黑的。正確答案是 4。

「母犬のモモは右の前の足がくろいですが、サクラは左のうしろの足がくろいです」（狗媽媽桃子的右前腳是黑色的，小櫻則是左後腳是黑色的）這一句運用了「Aは～が、Bは～」句型，表示「A是這樣的，但B是這樣的」，呈現出狗媽媽和小狗毛色不同的對比。

❶ 重要單字

- □ 犬（いぬ） 狗
- □ 生（う）まれる 出生
- □ 名前（なまえ） 名字
- □ しろい 白色
- □ かわいい 可愛的
- □ 母犬（ははいぬ） 狗媽媽

- □ 右（みぎ） 右邊
- □ 前（まえ） 前面
- □ 足（あし） 腳
- □ くろい 黑色
- □ 左（ひだり） 左邊
- □ 後（うし）ろ 後方

❷ 文法と萬用句型

1 ┌─────┐ ＋は～が、┌─────┐ ＋は （但是…）

說明 【名詞】＋は～が、【名詞】＋は。「は」除了提示主題以外，也可以用來區別、比較兩個對立的事物，也就是對照地提示兩種事物。

例句 バターは ありますが、醤油（しょうゆ）は ありません。
有奶油，但是沒有醬油。

[替換單字] 塩（しお） 鹽・砂糖（さとう） 砂糖／
岩（いわ） 岩石・木（き） 樹

❸ 小知識大補帖

除了「犬（いぬ）」（狗），「熊（くま）」（熊）、「鼠（ねずみ）」（老鼠）、「鶏（にわとり）」（雞）、「キリン」（長頸鹿）、「うさぎ」（兔）、「猫（ねこ）」（貓）這些常見的動物也一起記下來吧！

翻 譯	書桌上有張紙條。

> 我和山田老師在隔壁房間開會。其他學校也派了 5 位老師過來。現在在會議上使用的資料有 4 張，不過還少了 3 張，所以請你影印一下。

29 請問現在隔壁房間一共有幾個人呢？

1 3人
2 5人
3 7人
4 8人

答案：3

解題攻略	

這一題問題關鍵在「全部で」，問的是全部的人數，這邊的「で」表示數量的總和，和文章裡面的「会議で使う資料」表示動作發生場所的「で」（在…）意思不同。

解題重點在「わたしと山田先生はとなりの部屋で会議をしています。ほかの学校からも先生が 5 人来ました」（我和山田老師在隔壁房間開會。其他學校也派了5位老師過來），由此可知現在會議室裡面有「わたし」、山田老師和其他學校的5位老師，所以一共有7人。正確答案是3。

「コピーをお願いします」（麻煩你影印一下）的「～をお願いします」用來請求別人做某件事，或是向別人要什麼東西。

🖊 重要單字

- □ 机 <ruby>机<rt>つくえ</rt></ruby> 桌子
- □ メモ 備忘録，紙條
- □ 先生 <ruby>先生<rt>せんせい</rt></ruby> 老師
- □ 部屋 <ruby>部屋<rt>へ や</rt></ruby> 房間
- □ 会議 <ruby>会議<rt>かい ぎ</rt></ruby> 會議
- □ 学校 <ruby>学校<rt>がっこう</rt></ruby> 學校

- □ 使う <ruby>使<rt>つか</rt></ruby>う 使用
- □ 資料 <ruby>資料<rt>し りょう</rt></ruby> 資料
- □ 〜枚 〜<ruby>枚<rt>まい</rt></ruby> …張
- □ 足りる <ruby>足<rt>た</rt></ruby>りる 充分；足夠
- □ コピー 影印
- □ 全部で <ruby>全部<rt>ぜん ぶ</rt></ruby>で 總共

🖊 文法と萬用句型

1 ［　　　　］＋で　（在…）

說明 【名詞】＋で。「で」的前項為後項動作進行的場所。不同於「を」表示動作所經過的場所，「で」表示所有的動作都在那一場所進行。

例句 <ruby>家<rt>うち</rt></ruby>で　テレビを　<ruby>見<rt>み</rt></ruby>ます。

在家看電視。

［替換單字］<ruby>部屋<rt>へ や</rt></ruby> 房間／ベッド 床上

2 ［　　　　］＋をお<ruby>願<rt>ねが</rt></ruby>いします　（麻煩您…）

說明 【名詞】＋をお<ruby>願<rt>ねが</rt></ruby>いします。用於想要什麼的時候，或是麻煩對方做事的時候。

例句 お<ruby>皿<rt>さら</rt></ruby>を　お<ruby>願<rt>ねが</rt></ruby>いします。

麻煩您把盤子給我。

［替換單字］スプーン 湯匙／フォーク 餐叉／グラス 玻璃杯

練習 ③ 試しにやってみよう！

つぎの (1)から (3)の ぶんしょうを 読んで、しつもんに こたえて ください。こたえは、1・2・3・4から いちばん いい ものを 一つ えらんで ください。

(1)

　　皆さん、今週の 宿題は 3ページだけです。21ページから 23ページまでです。月曜日に 出して ください。24ページと 25ページは 来週の じゅぎょうで やります。

27 今週の 宿題は、どうなりましたか。

1　ありません

2　3ページまで

3　21ページから 23ページまで

4　24ページから 25ページまで

(2)

　わたしの　部屋には　窓が　一つしか　ありません。窓の　上
には　時計が　かかって　います。テレビは　ありませんが、本
棚の　上に　ラジオが　あります。あした　父と　パソコンを
買いに　行きますので　パソコンは　机の　上に　置きます。

28　今の　部屋は　どれですか。

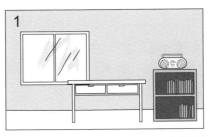
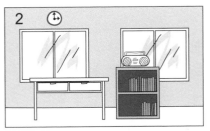
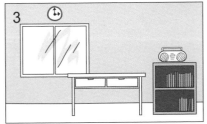
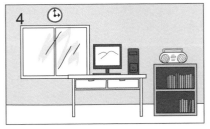

(3)

山田さんが　友だちに　メールを　書きました。

　　土曜日の　カラオケ、わたしも　行きたいですが、その
日は　昼から　夜まで　仕事が　あります。でも、日曜日
は　休みです。日曜日に　行きませんか。あとで　時間を　教
えて　ください。

29　山田さんは　いつ　働いて　いますか。

1　土曜日の　昼から　夜まで

2　土曜日の　昼まで

3　土曜日の　夜から

4　日曜日

③ 翻譯與解題

請先閱讀下面的文章 (1)～(3) 再回答問題。請從選項 1・2・3・4 當中選出一個最適當的答案。

(1) ／ 27

翻 譯　各位同學，這禮拜的作業只有 3 頁。從第 21 頁寫到第 23 頁。請在星期一繳交。第 24 頁和第 25 頁要在下禮拜的課堂上寫。

27 請問這禮拜的作業是什麼？

1 沒作業

2 寫到第 3 頁

3 從第 21 頁到第 23 頁

4 從第 24 頁到第 25 頁

答案：3

解題攻略

> 這一題的解題關鍵在「今週の宿題は 3 ページだけです。21ページから23ページまでです」（這禮拜的作業只有 3 頁。從第21頁寫到第23頁）。正確答案是 3。

> 「21ページから23ページまでです」這一句因為前面已經提過「今週の宿題は」，為了避免繁複所以省略了主語，它是接著上一句繼續針對這個禮拜的作業進行描述。

🖊 重要單字

- [ ] 今週（こんしゅう）本週
- [ ] 宿題（しゅくだい）家庭作業
- [ ] ページ 頁碼；第…頁
- [ ] 授業（じゅぎょう）教課；上課
- [ ] やる 做〈某事〉

❶ ____ ＋だけ （只、僅僅）

說明 【名詞；形容動詞詞幹な；[形容詞・動詞] 普通形】＋だけ。表示只限
於某範圍，除此以外沒別的了。

例句 お弁当は 一つだけ 買います。
只買一個便當。
[替換單字] 少し 一點／好きな 喜歡的／小さい 小的／ある 有的

❷ ____ ＋から＋ ____ ＋まで （從…到…）

說明 【名詞】＋から＋【名詞】＋まで。表示時間或距離的範圍，「から」前面
的名詞是開始的時間或地點，「まで」前面的名詞是結束的時間或地點。

例句 朝から 晩まで 忙しいです。
從早忙到晚。
[替換單字] 昨日 昨天・今日 今天／
一日 一號・十日 十號／
先週 上星期・今週 這星期

❸ ____ ＋てください （請…）

說明 【動詞て形】＋ください。表示請求、指示或命令某人做某事。一般常
用在老師對學生、上司對部屬、醫生對病人等指示、命令的時候。

例句 これを 開けて ください。
請打開這個。
[替換單字] 教えて 教／買って 買／洗って 洗／読んで 讀

(2) ／ 28

翻　譯　我的房間只有一扇窗而已。窗戶上方掛了一個時鐘。雖然沒有電視機，但是書櫃的上面有一台收音機。明天我要和爸爸去買電腦，電腦要擺在書桌上面。

28　請問現在房間是哪一個呢？

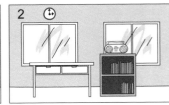
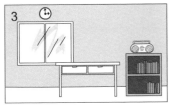
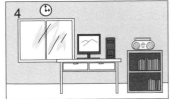

答案：**3**

解題攻略

這一題要從全文的敘述來找出房間的樣貌，問題問的是「今」（現在），所以要注意時態。

「わたしの部屋には窓が一つしかありません」，從這一句可以得知房間的窗戶只有一扇，所以選項2是錯的。

「窓の上には時計がかかっています」表示窗戶上方掛了一個時鐘，可見選項1是錯的。

文章接下來又提到「テレビはありませんが、本棚の上にラジオがあります」，指出房間裡面沒有電視機，書櫃上面有台收音機。

最後作者又說「あした父とパソコンを買いに行きますのでパソコンは机の上に置きます」，指出明天才要去買電腦，買回來的電腦要擺在書桌上，所以現在房間裡並沒有電腦，選項4是錯的。正確答案是3。

🔔 重要單字

□ 窓（まど） 窗戶
□ 時計（とけい） 時鐘
□ かかる 垂掛
□ テレビ 電視

□ 本棚（ほんだな） 書架；書櫃
□ ラジオ 收音機
□ パソコン 電腦
□ 置く（おく） 放置

🔔 文法と萬用句型

1 ☐ ＋しか〜ない （只、僅僅）

説明 【名詞（＋助詞）】＋しか〜ない。「しか」下接否定，表示限定。

例句 私（わたし）は　あなたしか　ない。
我只有你了。（你是我的唯一）
[替換單字] 5,000円（ごせんえん） 五千圓／一（ひと）つ 一個／半分（はんぶん） 一半

2 ☐ ＋ています （表結果或狀態的持續）

説明 【動詞て形】＋います。表示某一動作後的結果或狀態還持續到現在，也就是說話的當時。

例句 絵（え）が　かかって　います。
掛著畫。
[替換單字] ドアが　閉（し）まって 關著門／電気（でんき）が　つけて 開著電燈

🔔 小知識大補帖

其他住家相關單字還有「机（つくえ）」（桌子）、「椅子（いす）」（椅子）、「ベッド」（床）、「階段（かいだん）」（樓梯）、「部屋（へや）」（房間）、「トイレ」（廁所）、「台所（だいどころ）」（廚房）、「玄関（げんかん）」（玄關），不妨一起記下來哦！

(3) ／ 29

翻　譯　山田小姐寫電子郵件給朋友。

> 星期六的卡拉 OK 我雖然也很想去，但是那天我要從中午工作到晚上。不過禮拜日我就休息了。要不要禮拜日再去呢？等一下請告訴我時間。

29　請問山田小姐工作的時間是什麼時候？

1　星期六的中午到晚上
2　到星期六的中午
3　從星期六晚上開始
4　星期日

答案：1

解題攻略

這一題問的是「いつ」（什麼時候），所以要注意文章裡面出現的時間表現。

解題關鍵在「土曜日のカラオケ、わたしも行きたいですが、その日は昼から夜まで仕事があります」這一句。問題問的是「いつ働いていますか」，「働く」可以對應到文章裡面的「仕事」，可見「その日は昼から夜まで仕事があります」（那天我要從中午工作到晚上）就是答案所在。

不過這個「その日」（那天）指的又是哪天呢？關鍵就在前一句的「土曜日」（禮拜六）。山田先生工作時間應該是星期六的中午到晚上，正確答案是 1。

[挑戰篇 STEP 1] 033

✏ 重要單字

□ カラオケ 卡拉OK
□ 仕事（しごと）工作
□ 日曜日（にちようび）星期日
□ あとで …之後

□ 時間（じかん）時間
□ 教える（おし）教導；告訴
□ 働く（はたら）工作

✏ 文法と萬用句型

1 ☐ ＋に （給…、跟…）

說明 【名詞（對象）】＋に。表示動作、作用的對象。

例句 彼女（かのじょ）に ペンを 渡（わた）しました。
把筆遞給了她。

2 ☐ ＋が （但是…）

說明 【名詞です（だ）；形容動詞詞幹だ；[形容詞・動詞] 丁寧形（普通形）】
＋が。表示連接兩個對立的事物，前句跟後句內容是相對立的。

例句 日本語（にほんご）は 難（むずか）しいですが、面白（おもしろ）いです。
雖然日語很難學，但是很有趣。
[替換單字] 習（なら）いました 學了・できませんでした 做不來／
大好（だいす）きです 非常喜歡・不便（ふべん）です 不方便

3 ☐ ＋ませんか （要不要…吧）

說明 【動詞ます形】＋ませんか。表示行為、動作是否要做，在尊敬對方抉
擇的情況下，有禮貌地勸誘對方，跟自己一起做某事。

例句 いっしょに 映画（えいが）を 見（み）ませんか。
要不要一起去看電影？
[替換單字] 帰（かえ）り 回去／行（い）き 去／散歩（さんぽ）し 散步

4 ⬚ ＋から＋ ⬚ ＋まで　（從…到…）

說明　【名詞】＋から＋【名詞】＋まで。表示時間或距離的範圍，「から」前面的名詞是開始的時間或地點，「まで」前面的名詞是結束的時間或地點。

例句　駅から　郵便局まで　遠いです。

從車站到郵局很遠。

[替換單字]　家　家・スーパー　超市／
病院　醫院・銀行　銀行

📕 **小知識大補帖**

「月曜日」（星期一）、「火曜日」（星期二）、「水曜日」（星期三）、「木曜日」（星期四）、「金曜日」（星期五）、「土曜日」（星期六）、「日曜日」（星期日）。這些"星期"可是新日檢的必考題，你都記熟了嗎？

STEP 2

応用編

③

練習 ④ 試しにやってみよう！

つぎの (1)から (3)の ぶんしょうを 読んで、しつもんに こたえて ください。こたえは、1・2・3・4から いちばん いい ものを 一つ えらんで ください。

(1)

　けさは いつもより 早く 新聞が 来ました。いつもは 朝 6時ぐらいですが、きょうは 30分 早かったです。わたしは 毎日、新聞が 来る 時間に 起きますが、きょう 起きた とき、新聞は もう 来て いました。

27 けさは 何時 ごろに 新聞が 来ましたか。
1　朝 6時ごろ
2　朝 6時半ごろ
3　朝 5時ごろ
4　朝 5時半ごろ

(2)

　きょう、本屋で　買った　2さつの　本を　本棚に　入れました。大きくて　厚い　本は、下の　棚の　右の　ほうに　入れました。小さくて　うすい　本は、上の　棚の　左の　ほうに　入れました。

28 今の　本棚は　どれですか。

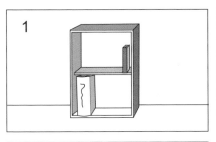

1

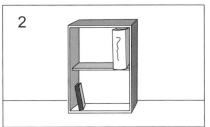

2

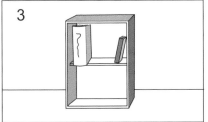

3

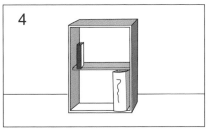

4

(3)

友だちに　メールを　書きました。

　　土曜日に　パーティーを　します。30人に　電話を
しましたが、18人は　その　日は　時間が　ないと　言って
いました。全部で　20人　ぐらい　集めたいので、ぜひ
来て　ください。

29　土曜日に　時間が　ある　人は　何人　いますか。

1　8人

2　12人

3　20人

4　30人

④ 翻譯與解題

請先閱讀下面的文章(1)～(3)再回答問題。請從選項1．2．3．4當中選出一個最適當的答案。

(1)／27

翻譯　　今早的報紙比平時都還早送來。平時是大約早上6點送來，今天卻早了30分鐘。我每天都在送報的時間起床，不過今天起床的時候，報紙已經送來了。

27　請問今早報紙大概是幾點送來的？

1　早上6點左右　　　　2　早上6點半左右
3　早上5點左右　　　　4　早上5點半左右

答案：4

解題攻略

這一題的解題關鍵在「いつもは朝6時ぐらいですが、今日は30分早かったです」（平時是大約早上6點送來，今天卻早了30分鐘），比6點早30分鐘就是5點半，正確答案是選項4。

文中第一句「けさはいつもより早く新聞が来ました」（今早的報紙比平時都還早送來）用句型「AよりB〜」（B比A還…）表示比較。

文中最後一句「今日起きたとき、新聞はもう来ていました」（今天起床的時候，報紙已經送來了）。「〜とき」（…的時候）表示在某個時間點同時發生了後項的事情，「もう」後面如果接肯定表現，意思是「已經…」，如果接否定表現，則是「已經不…」的意思。句末「来ていました」的意思是「（我沒看到報紙送來，等我看到的時候，報紙）已經來了一段時間」。正確答案是4。

🎯 重要單字

- □ 今朝（けさ） 今天早上
- □ 早い（はやい） 早的
- □ 起きる（おきる） 起床
- □ もう 已經

📖 文法と萬用句型

1 ［　　　　］＋は＋［　　　　］＋より　（…比…）

［説明］【名詞】＋は＋【名詞】＋より。表示對兩件性質相同的事物進行比較後，選擇前者。「より」後接的是性質或狀態。如果兩件事物的差距很大，可以在「より」後面接「ずっと」來表示程度很大。

［例句］ 飛行機（ひこうき）は　船（ふね）より　速い（はや）いです。
飛機比船還快。

［替換單字］ バス 公車・バイク 機車／
電車（でんしゃ） 電車・車（くるま） 汽車／
自動車（じどうしゃ） 汽車・自転車（じてんしゃ） 腳踏車／
地下鉄（ちかてつ） 地下鐵・タクシー 計程車

2 ［　　　　］＋ぐらい　（大約、左右、上下；和…一樣…）

［説明］【數量詞】＋ぐらい。用於對某段時間長度的推測、估計。一般用在無法預估正確的數量，或是數量不明確的時候。

［例句］ コンサートには　1万人（いちまんにん）ぐらい　来（き）ました。
演唱會來了大約一萬人。

💡 小知識大補帖

在日本，有許多家庭都訂閱特定的報紙，這叫做「新聞（しんぶん）を取（と）る」（訂閱報紙）。這裡的「取（と）る」（訂閱）含有「配達（はいたつ）してもらって買う」（買了以後請店家送來）的意思，其他還有「すしを取（と）る」（訂壽司）、「ピザを取（と）る」（訂披薩）等用法。

(2) ／ 28

翻 譯　今天我把在書店買的兩本書放進書櫃裡。又大又厚的書放在下層的右邊。又小又薄的書則是放在上層的左邊。

28 請問現在書櫃是哪一個？

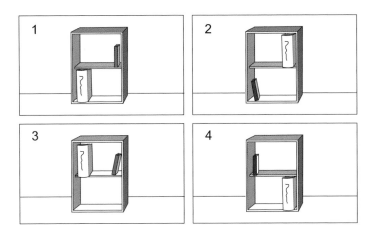

答案：4

解題攻略

本題問的是「今」（現在），這類強調時間點的題目經常會有情況的變化，所以請注意時態。

解題重點在「大きくて厚い本は、下の棚の右のほうに入れました。小さくてうすい本は、上の棚の左のほうに入れました」這兩句話。從過去式「入れました」可以得知「放置」的動作已經完成，所以現在的書櫃有兩本書，一本是又大又厚的書，放在下層書櫃的右邊，另一本是又小又薄的書，放在上層書櫃的左邊。正確答案是 4。

若要連用兩個形容詞形容同一件事物，接續方式是把第一個形容詞去掉語尾的「い」再加上「くて」，然後接上第二個形容詞，如文中的「小さくてうすい本」（又小又薄的書）。

> 「～ほう」用來表示不明確的位置，因此「右のほう」僅表示右半邊那一區，並非明確的指最右邊的位置。

🕐 重要單字

□ ～冊 (さつ) （數量詞）…本　　□ 下 (した) 下方
□ 入 (い) れる 放入　　　　　　□ 薄 (うす) い 薄的
□ 厚 (あつ) い 厚重的　　　　　□ 上 (うえ) 上面

🕐 文法と萬用句型

1 ⬛ ＋で　（在…）

[說明] 【名詞】＋で。「で」的前項為後項動作進行的場所。不同於「を」表示動作所經過的場所，「で」表示所有的動作都在那一場所進行。

[例句] 玄関 (げんかん) で　靴 (くつ) を　脱 (ぬ) ぎました。
在玄關脫了鞋子。

---

(3) ／ 29

翻　譯　我寫了封電子郵件給朋友。

> 星期六要開派對。我打電話給 30 個人，其中有 18 個人説他們昨天沒有空。我一共想邀請 20 個人來參加，所以請你一定要到場。

29 請問星期六有空的有幾個人呢？

1 8 人

2 12 人

3 20 人

4 30 人

解題攻略

本題解題關鍵在「何人」（幾人），通常詢問人數的題型都會需要運算，所以請注意題目中出現過的人數。

文中第二句「30人に電話をしましたが、18人はその日は時間がないと言っていました」（我打電話給30個人，其中有18個人說他們那天沒有空）。「そ」開頭的指示詞多是指前一句提到的人事物，因此「その日」（那天）就是「土曜日にパーティーをします」的「土曜日」（星期六）。

根據文章，30人當中有18個人表明星期六沒空，「30－18＝12（人）」，所以星期六有空的有12人。正確答案是2。

④

「30人に電話をしました」（打電話給三十個人）的「に」表示動作的對象，如「友だちにメールを書きました」（寫信給朋友），「に」可以翻譯成「給…」。

「ぜひ来てください」的「ぜひ」（務必…）表達強烈希望。「ぜひ～てほしい」、「ぜひ～てください」皆表示非常希望 "別人" 做某件事情，「ぜひ～たい」則表示說話者非常希望做某件事情。

✪ 重要單字

□ 書く 寫
□ パーティー 派對
□ 電話 電話
□ ほか 其他

□ 全部 全部
□ 集める 召集；收集
□ ぜひ 一定；務必

---

1 ⬛⬛⬛⬛ ＋と （説…、寫著…）

說明 【引用句子】＋と。「と」接在某人說的話，或寫的事物後面，表示說了什麼、寫了什麼。

例句 テレビで 「今日は 晴れるでしょう」と 言って いました。
電視的氣象預報說了「今日大致是晴朗的好天氣」。

2 ⬛⬛⬛⬛ ＋ので （因為…）

說明 【[形容詞・動詞]普通形】＋ので、【名詞；形容動詞詞幹】＋なので。表示原因、理由。前句是原因，後句是因此而發生的事。「～ので」一般用在客觀的自然的因果關係，所以也容易推測出結果。

例句 雨なので 行きたく ないです。
因為下雨，所以不想去。
[替換單字] 寒い 冷／不便な 不方便／仕事が ある 有工作

3 ⬛⬛⬛⬛ ＋てください （請…）

說明 【動詞て形】＋ください。表示請求、指示或命令某人做某事。一般常用在老師對學生、上司對部屬、醫生對病人等指示、命令的時候。

例句 この 問題が 分かりません。教えて ください。
這道題目我不知道該怎麼解，請教我。

STEP 1 練習 ⑤　試しにやってみよう！

チャレンジ編　STEP 1　STEP 2　応用編　⑤

つぎの（1）から（3）の　ぶんしょうを　読んで、しつもんに　こたえて　ください。こたえは、1・2・3・4から　いちばん　いい　ものを　一つ　えらんで　ください。

（1）

　　わたしは、毎日　漢字を　勉強して　います。月曜日から　金曜日は　一日に　3つ、土曜日と　日曜日は　5つずつ　覚えます。がんばって　もっと　たくさんの　漢字を　覚えたいです。

27　「わたし」は　一週間に　いくつの　漢字を　覚えますか。

1　15こ

2　20こ

3　25こ

4　30こ

(2)

　ぼくの　うちは　5人<ruby>家族<rt>か ぞく</rt></ruby>です。<ruby>兄<rt>あに</rt></ruby>と　<ruby>姉<rt>あね</rt></ruby>が　いますが、<ruby>兄<rt>あに</rt></ruby>は　<ruby>去年<rt>きょねん</rt></ruby>から　<ruby>東京<rt>とうきょう</rt></ruby>に　<ruby>住<rt>す</rt></ruby>んで　います。<ruby>姉<rt>あね</rt></ruby>も　<ruby>来年<rt>らいねん</rt></ruby>から　<ruby>遠<rt>とお</rt></ruby>くの　<ruby>大学<rt>だいがく</rt></ruby>に　<ruby>行<rt>い</rt></ruby>くので、さびしく　なります。

28　<ruby>今<rt>いま</rt></ruby>、いっしょに　<ruby>住<rt>す</rt></ruby>んで　いる　<ruby>家族<rt>か ぞく</rt></ruby>は　だれですか。

1	2

3	4

(3)

友だちに　メールを　書きました。

けさは　頭が　痛かったので、学校を　休みました。熱も
ありましたので、病院へ　行って　かぜの　薬を　もらい
ました。今は、もう　元気ですから、心配しないで　くださ
い。

29　けさ　この　人は　どうでしたか。

1　熱が　ありましたが、頭は　痛く　ありませんでした。

2　頭が　痛かったですが、熱は　ありませんでした。

3　頭が　痛くて、熱も　ありました。

4　とても　元気でした。

⑤ 翻譯與解題

請先閱讀下面的文章 (1)～(3) 再回答問題。請從選項 1・2・3・4 當中選出一個最適當的答案。

---

(1) ／ 27

翻 譯　我每天都學習漢字。星期一到星期五每天學習 3 個；星期六和星期日每天各學 5 個。我想加把勁多記住一些漢字。

27　請問「我」一個禮拜大概記住幾個漢字呢？

1　15 個

2　20 個

3　25 個

4　30 個

答案：**3**

解題攻略

題目問的是一個禮拜背誦多少漢字，「いくつ」用以詢問數量。

解題關鍵在「月曜日から金曜日は一日に３つ、土曜日と日曜日は５つずつ覚えます」（星期一到星期五每天學習 3 個；星期六和星期日每天各學 5 個）。

由此可知週一到週五（共五天）每天背 3 個，週末兩天各背 5 個，「５×３＋２×５＝15＋10＝25」，所以一個禮拜背誦的漢字數量是25個。正確答案是 3。

句型「時間＋に＋次數／數量」用於表達頻率，如「一日に３つ」（一天三個）、「週に１回」（一週一次）。「ずつ」前面接表示數量、比例的語詞，意思是「各…」。

✏ 重要單字

☐ 漢字（かんじ） 漢字
☐ 勉強（べんきょう） 學習
☐ 3つ（みっつ） 三個

☐ 5つ（いつつ） 五個
☐ 覚える（おぼえる） 記住
☐ 頑張る（がんばる） 加油

✏ 文法と萬用句型

1 ⬜ ＋ています （表習慣性）

説明 【動詞て形】＋います。跟表示頻率的「毎日（まいにち）、いつも、よく、時々（ときどき）」等單詞使用，就有習慣做同一動作的意思。

例句 彼女（かのじょ）は　いつも　お金（かね）に　困（こま）って　います。
她總是為錢煩惱。

---

(2)／28

翻 譯 我家一共有 5 個人。我有哥哥和姊姊，哥哥從去年開始就住在東京。姊姊從明年開始也要去很遠的地方唸大學，到時我會很寂寞。

28 請問現在一起住在家裡的家人有誰？

1

2

3

4

解題攻略

這一題的問題關鍵在「今」（現在），所以請特別注意時態。

文章第一句「ぼくの家は 5 人家族です」（我家有五個人），「人數」直接加上「家族」表示家庭成員有幾人。

文中提到「兄は去年から東京に住んでいます」（哥哥從去年開始就住在東京），表示大哥現在沒有住在家裡，「5－1＝4」，所以現在家裡住了 4 個人。

下一句「姉も来年から遠くの大学に行く」（姊姊從明年開始也要去很遠的地方唸大學）是陷阱，從「来年から」和「行く」的時態可知這是還沒發生的事，所以姊姊現在還住在家裡。因此正確答案是 2。

「～から～ています」表示動作從之前一直持續到現在。

---

❷ 重要單字

□ 僕（ぼく）我（男子自稱）
□ 兄（あに）哥哥
□ 姉（あね）姊姊
□ 去年（きょねん）去年

□ 来年（らいねん）明年
□ 遠く（とお）遠方
□ 大学（だいがく）大學
□ 寂しい（さび）孤單的；寂寞的

❷ 文法と萬用句型

1 ▢▢▢▢ ＋が （但是…）

說明 【名詞です（だ）；形容動詞詞幹だ；[形容詞・動詞]丁寧形（普通形）】＋が。表示連接兩個對立的事物，前句跟後句內容是相對立的。

例句 鶏肉（とりにく）は 食（た）べますが、牛肉（ぎゅうにく）は 食（た）べません。
我吃雞肉，但不吃牛肉。

2 ☐ ＋ので　（因為…）

説明　【[形容詞・動詞] 普通形】＋ので。表示原因、理由。前句是原因，後
　　　句是因此而發生的事。「～ので」一般用在客觀的自然的因果關係，所
　　　以也容易推測出結果。

例句　仕事が　あるので、7時に　出かけます。
　　　因為有工作，所以七點要出門。

3 ☐ ＋なります　（變成…）

説明　【形容詞詞幹】＋く＋なります。形容詞後面接「なります」，要把詞
　　　尾的「い」變成「く」。表示事物本身產生的自然變化，這種變化並非
　　　人為意圖性的施加作用。即使變化是人為造成的，若重點不在「誰改變
　　　的」，也可用此文法。

例句　子どもは　すぐに　大きく　なります。
　　　小孩子一轉眼就長大了。

---

❷ **小知識大補帖**

介紹別人時，可以用句型「人＋は＋年齡或職業＋です」。例如：「父は40歲です」
（爸爸四十歲）、「姉は警官です」（姐姐是警官）。試著用日語介紹家人吧！

翻 譯　我寫了封電子郵件給朋友。

> 今早我頭很痛,所以向學校請假。我還發了燒,所以
> 去醫院拿了感冒藥。現在已經好了,請別擔心。

29 請問今早這個人怎麼了?

1 雖有發燒但是頭不痛
2 雖然頭很痛,但是沒有發燒
3 頭很痛,也有發燒
4 非常健康

答案:3

解題攻略

本題問的是「けさ」(今天早上)的狀態,答案就在「け
さは頭が痛かった」(今早我頭很痛)、「熱もありまし
た」(發燒)這兩句,表示這個人今天早上的狀態是頭痛
又發燒。

請小心文章最後「今は、もう元気ですから」(現在已經
好了)是陷阱,「もう」表示已經達到後面的狀態,意思
是「已經…」。由於題目問的是「けさ」(今天早上)的
狀態,因此正確答案是3。

句型「もらいました」常以「AからBをもらいました」
(從A那邊得到B)表現。如果將「から」換成「に」,
「AにBをもらいました」意思就變成了「向A要了
B」。

❷ 重要單字

- □ 痛い 疼痛
- □ 熱がある 發燒
- □ 病院 醫院
- □ 風邪 感冒
- □ 薬 藥
- □ 心配 擔心

❷ 文法と萬用句型

1 ［　　　　　　　］＋から　（因為…）

説明　【［形容詞・動詞］普通形】＋から、【名詞；形容動詞詞幹】＋だから。
表示原因、理由。一般用於説話人出於個人主觀理由，進行請求、命令、
希望、主張及推測，是種較強烈的意志性表達。

例句　今日は　日曜日だから、学校は　休みです。
今天是星期日，所以不必上學。

2 ［　　　　　　　］＋ないでください　（請不要…）

説明　【動詞否定形】＋ないでください。表示否定的請求命令，請求對方不
要做某事。

例句　もう　撮らないで　ください。
請不要再拍照了。

［替換單字］見ない　不要看／使わない　不要用／
言わない　不要説／呼ばない　不要叫

❷ 小知識大補帖

在日本，綜合性大醫院通常有附設藥局可以拿藥，但是一般小醫院或小診所就沒有
了。所以醫生會開一張處方箋，患者要拿處方箋到附近藥局去領藥，並且需要另外
支付藥費。

練習 ⑥　試しにやってみよう！

つぎの　(1)から　(3)の　ぶんしょうを　読んで、しつもんに　こたえて　ください。こたえは　1・2・3・4から　いちばん　いい　ものを　一つ　えらんでください。

(1)

　あした　学校で　テストが　ありますので、きょうは　晩ごはんを　食べた　あと、テレビを　見ないで、勉強を　始めました。もう　夜の　11時ですが、まだ　終わりません。もう　少し　勉強して　から　寝ます。

27　この　人は　今、何を　して　いますか。
1　寝て　います。
2　勉強して　います。
3　ごはんを　食べて　います。
4　テレビを　見て　います。

(2)

新しい 車を 買いました。

ドアが 二つ だけの ちいさい 車ですが、うえにも 一つ 窓が あります。

色は しろいのと くろいのが ありましたが、しろいのを 買いました。

28 どの 車を 買いましたか。

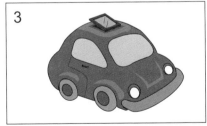

(3)

日記を　書きました。

　　きのうは　暑かったので、友だちと　海に　行きました。海では　おおぜいの　人が、泳いだり　遊んだり　して　いました。わたしたちは　ゆうがたまで　泳ぎました。とても　疲れましたが、楽しかったです。

29　海は　どうでしたか。

1　寒かったです。

2　たかかったです。

3　にぎやかでした。

4　しんせつでした。

⑥ 翻譯與解題

請先閱讀下面的文章(1)～(3)再回答問題。請從選項1・2・3・4當中選出一個最適當的答案。

---

(1) ╱ 27

翻　譯　明天學校有考試，所以我今天吃過晚餐後不看電視，開始唸書。現在已經是晚上11點了，可是我還沒有唸完。我想再用功一下，然後才上床睡覺。

　27　請問這個人現在在做什麼呢？

　　　1　在睡覺
　　　2　在讀書
　　　3　在吃飯
　　　4　在看電視

答案：**2**

解題攻略　題目關鍵在「今」（現在），問的是現在在做什麼，所以請留意時態。

文章一開始提到「きょうは晩ごはんを食べたあと、テレビを見ないで、勉強を始めました」（吃過晚餐後不看電視，開始唸書），由此可知晚餐已經吃完了，並且沒有看電視，所以選項3和4都錯誤。

文章接著提到「もう夜の11時ですが、まだ終わりません」（已經是晚上11點了，可是我還沒有唸完）。「まだ終わりません」的主語是前面的「勉強」（唸書），表示作者現在還在唸書，並且「もう少し勉強してから寝ます」（想再用功一下，然後才上床睡覺）。因為作者還要再唸一下書，所以選項1錯誤。正確答案是2。

「もう少し」是「再稍微…」、「再…一下下」的意思，「…てから」強調動作先後順序，表示先做完前項再來做後項的事情。

📖 重要單字

□ 明日 <ruby>明日<rt>あした</rt></ruby> 明天

□ テスト 考試；測驗

□ 晩ご飯 <ruby>晩<rt>ばん</rt></ruby>ご<ruby>飯<rt>はん</rt></ruby> 晚餐

□ 食べる <ruby>食<rt>た</rt></ruby>べる 吃

□ テレビ 電視

□ 見る <ruby>見<rt>み</rt></ruby>る 看

□ 勉強 <ruby>勉強<rt>べんきょう</rt></ruby> 學習

□ もう少し もう<ruby>少<rt>すこ</rt></ruby>し 再稍微…

□ 寝る <ruby>寝<rt>ね</rt></ruby>る 睡覺

📖 文法と萬用句型

1 ___ ＋あと （…以後…）

說明 【動詞た形】＋あと。後項如果是前項發生後，而繼續的行為或狀態時，就用「あと」。

例句 弟は、<u>宿題を　した</u>　あと、テレビを　見て　います。
弟弟做完作業以後才看電視。

[替換單字] ご飯を　食べた 吃完飯／お風呂に　入った 泡澡

2 もう＋ ___ （已經…〈了〉）

說明 もう＋【動詞た形；形容動詞詞幹だ】。和動詞句一起使用，表示行為、事情到某個時間已經完了。

例句 妹は　もう　<u>出かけました</u>。
妹妹已經出門了。

[替換單字] 治りました 痊癒了／
食べました 吃了／
お風呂に　入りました 洗澡了／
お腹が　いっぱいだ 吃得很飽了

(2) ／ 28

翻譯 我買了新車。我買的是一台只有兩個車門的小車，車頂也有一扇天窗。顏色有白色的和黑色的，我買了白色的。

28 請問作者買了哪一台車呢？

答案：4

解題攻略

「どの」用來請對方在三樣以上的東西裡面挑出一個，如果選項只有兩樣，那就用「どちら」。

文章提到新車「ドアが二つだけ」（只有兩個車門）、「ちいさい」（小）、「うえにも一つ窓があります」（車頂也有一扇天窗）。「うえにも」的「も」是「也」的意思，暗示新車側邊有兩扇窗戶（因為是雙門，所以窗戶只有兩扇），不過車頂「還有」一扇窗戶。由此知道圖1、2都是錯的。

最後一句「しろいのを買いました」（我買了白色的）指出這個車款雖然有白色和黑色，不過作者買的是白色的車子。「色は…のと…のが…、…のを…」這句出現三個「の」都是為了避免繁複，用來代替「車」，所以圖3是錯的。

綜上所述，正確答案是4。

🖋 重要單字

□ 新^{あたら}しい 新的   □ 窓^{まど} 窗戶；車窗
□ 車^{くるま} 汽車   □ 色^{いろ} 顏色
□ ドア 門；車門

🖋 文法と萬用句型

1 ＿＿＿＿＿＋にも （表強調）

【説明】【名詞】＋にも，表示不只是格助詞前面的名詞以外的人事物。

【例句】学校^{がっこう}には　冷房^{れいぼう}が　ありません。うちにも　ありません。
學校裡沒裝冷氣，家裡也沒裝。

🖋 小知識大補帖

在日本，出門除了「車^{くるま}に乗^のる」（乘小汽車）、「バイクに乗^のる」（騎機車）或「タクシーをひろう」（叫計程車）之外，搭乘方便的大眾運輸工具「電車^{でんしゃ}」（電車）、「地下鉄^{ちかてつ}」（地下鐵）或是「バス」（公車）都是不錯的選擇哦！如果目的地的距離不遠，也可以「自転車^{じてんしゃ}に乗^のる」（騎腳踏車）或是「徒歩^{とほ}」（步行），不僅健康環保，還能省下交通費。

(3) ／ 29

| 翻　譯 | 我寫了日記。 |

> 昨天天氣很熱，所以我和朋友去了趟海邊。有很多人
> 在海邊游泳、戲水。我們一直游到傍晚。雖然非常疲
> 累，但是玩得很盡興。

[29] 請問海邊是什麼情景呢？

　1　很冷　　　　　　　　2　很高
　3　很熱鬧　　　　　　　4　很親切

答案：3

| 解題攻略 | |

這一題可以用刪去法作答。題目問的是「どう」（如
何），「どう」用來詢問狀態或樣貌。

文章開頭提到「きのうは暑かった」（昨天很熱），因此
選項1「さむかったです」（很冷）是錯的。

選項2「たかかったです」（很高）和選項4「しんせつ
でした」（很親切）都沒有辦法拿來形容海邊，所以都是
錯的。

選項3「にぎやかでした」（很熱鬧）呼應文章第二句「海
ではおおぜいの人が泳いだり遊んだりしていました」（有
很多人在海邊游泳、戲水），因為很多人在游泳戲水，所以
「にぎやかでした」（很熱鬧）。正確答案是3。

「～たり～たり」表示動作的列舉，暗示還有其他動作，
僅舉出兩項具有代表性的。「たり」遇到「泳ぐ」和「遊
ぶ」都會起音便變成「だり」。

「わたしたちはゆうがたまで泳ぎました」（我們一直游到傍晚）的「まで」表示時間的範圍，可以翻譯成「到…」。

重要單字

- □ 日記 日記
- □ 昨日 昨天
- □ 友達 朋友
- □ 海 海邊
- □ 大勢 許多人

- □ 夕方 傍晚
- □ 泳ぐ 游泳
- □ とても 非常…
- □ 疲れる 疲勞；累
- □ 楽しい 快樂；開心

文法と萬用句型

1 ☐ ＋と （跟…一起；跟…）

說明 【名詞】＋と。「と」前接一起去做某事的對象時，常跟「一緒に」一同使用。

例句 家族と いっしょに 温泉へ 行きます。
和家人一起去洗溫泉。

[替換單字] 友だち 朋友／両親 父母／彼女 女朋友／彼氏 男朋友

2 ☐ ＋り＋ ☐ ＋り＋する （又是…、又是…；有時…、有時…）

說明 【動詞た形】＋り＋【動詞た形】＋り＋する。可表示動作並列，意指從幾個動作之中，例舉出 2、3 個有代表性的，並暗示還有其他的。

例句 ゆうべの パーティーでは、飲んだり 食べたり 歌ったり しました。
在昨晚那場派對上吃吃喝喝又唱了歌。

STEP 1 練習 ⑦ 試しにやってみよう！

つぎの (1)から (3)の ぶんしょうを 読んで、しつもんに こたえて ください。こたえは 1・2・3・4から いちばん いい ものを 一つ えらんでください。

(1)

　わたしは きのう 夜 おそく 喫茶店に 行きました。ケーキと アイスクリームを 食べたかったのですが、もう ありませんでした。サンドイッチが まだ ありましたので、サンドイッチを 注文しました。

27　「わたし」は 何を 食べましたか。

1　ケーキ

2　サンドイッチ

3　アイスクリーム

4　ケーキと アイスクリーム

(2)

　家で　ケーキを　作ります。卵　5つと　牛乳　3本を　使
います。今　れいぞうこの　なかに　卵は　ありますが、牛乳は
ありません。卵も　3つしか　ありませんから、今から　買いに
行きます。

28　今の　れいぞうこは　どれですか。

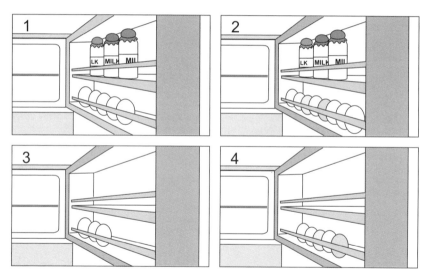

(3)
佐藤さんが　木村さんに　メールを　書きました。

木村さん
　あしたの　夜、時間が　ありますか。
　あさっては　休みで、ゆっくり　できますから、わたし
は　午後の　テストが　おわった　あと、映画を　見に
行きます。
　木村さんも　いっしょに　行きませんか。

佐藤

---

29 佐藤さんは　いつ　映画を　見ますか。

1　きょう

2　あした

3　きのう

4　あさって

STEP 1 ⑦ 翻譯與解題

請先閱讀下面的文章 (1) ～ (3) 再回答問題。請從選項 1・2・3・4 當中選出一個最適當的答案。

---

(1) ╱ **27**

翻譯　　我昨天很晚的時候去了咖啡廳。我本來想吃蛋糕和冰淇淋，但是沒賣。店裡還有賣三明治，所以我點了三明治。

> **27** 請問「我」吃了什麼呢？

　　1 蛋糕
　　2 三明治
　　3 冰淇淋
　　4 蛋糕和冰淇淋

答案：2

解題攻略

文章第二句「ケーキとアイスクリームを食べたかったのですが、もうありませんでした」（我本來想吃蛋糕和冰淇淋，但是沒賣）。由此可知選項 1、3、4 的「ケーキ」（蛋糕）和「アイスクリーム」（冰淇淋）都是錯誤的。

解題關鍵在最後一句「サンドイッチがまだありましたので、サンドイッチを注文しました」（店裡還有賣三明治，所以我點了三明治），直接說明「わたし」（我）點了三明治。正確答案是 2。

句型「～たかったですが」表示說話者本來想做某件事情，可惜不能如願。

「注文しました」（點餐）也可以說成「たのみました」（委託），用於此處都是「點菜」的意思。

❷ 重要單字

- □ 夜遅く（よるおそ） 深夜
- □ 喫茶店（きっさてん） 咖啡店
- □ ケーキ 蛋糕
- □ アイスクリーム 冰淇淋
- □ サンドイッチ 三明治
- □ 注文（ちゅうもん） 點菜；訂購

❷ 文法と萬用句型

1 もう＋ ☐ （已經不…了）

説明 もう＋【否定表達方式】。表示不能繼續某種狀態了。一般多用於感情方面達到相當程度。

例句 もう 飲（の）みたく ありません。

我已經不想喝了。

[替換單字] 痛（いた）く 痛／子供（こども）では 是小孩／話（はな）したく 想説話

2 まだ＋ ☐ （還…；還有…）

説明 まだ＋【肯定表達方式】。表示同樣的狀態，從過去到現在一直持續著，或是還留有某些時間或東西。

例句 まだ 時間（じかん）が あります。

還有時間。

[替換單字] お金（かね） 錢／２キロ 兩公里／一週間（いっしゅうかん） 一星期／

やりたい こと 想做的事情

❷ 小知識大補帖

你知道各式甜點的日語該怎麼説嗎？「ケーキ」（蛋糕）、「プリン」（布丁）、「パフェ」（聖代）、「アイスクリーム」（冰淇淋）、「ようかん」（羊羹），將這些甜點的日語記下來，再搭配萬用句「（甜點）＋をください」（請給我〈甜點〉），以後去甜品店就方便多了！

(2) ／ 28

翻　譯

我要在家裡做蛋糕。要用到雞蛋 5 顆和牛奶 3 瓶。現在冰箱裡面雖然有雞蛋，可是沒有牛奶，而且雞蛋也只有 3 顆，我現在要出門去買。

28 請問現在的冰箱是哪張圖片呢？

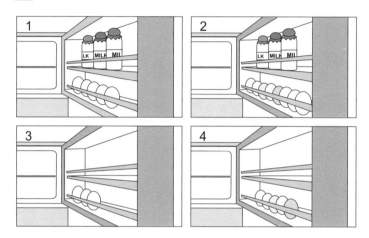

答案：**3**

解題攻略

本題問的是「今のれいぞうこ」（現在的冰箱），而不是製作蛋糕需要用到的材料，請小心。

文中提到「今れいぞうこのなかにたまごはありますが、ぎゅうにゅうはありません」（現在冰箱裡面雖然有雞蛋，可是沒有牛奶），由此可知現在冰箱裡面有雞蛋，沒有牛奶。

接著下一句提到「卵も３つしかありませんから」（雞蛋也只有３顆），這裡用「も」表示並列關係，也就是說雞蛋和牛奶一樣不夠，因此正確答案是３。

「〜しかありません」意思是「僅僅如此而已」，「しか」和「だけ」一樣表示限定範圍，不過「しか」的後面只能接否定表現，並且強調的語氣更為強烈。

文章最後一句「今から買いに行きます」（我現在要出門去買）中的「いまから」意思是「現在就…」，「動詞ます形＋に行きます」表示為了某種目的前往。

❷ 重要單字

- □ 作る 做
- □ 卵 雞蛋
- □ 5つ 五個
- □ 牛乳 牛奶
- □ 〜本 （數量詞）…瓶
- □ 使う 使用
- □ 冷蔵庫 冰箱
- □ 中 裡面；中間
- □ 3つ 三個
- □ 今から 從現在起…

❷ 文法と萬用句型

① ⬚⬚⬚ ＋しか〜ない （只、僅僅）

說明【名詞（＋助詞）】＋しか〜ない。「しか」下接否定，表示限定。

例句 今年は 海に 1回しか 行きませんでした。
今年只去過一次海邊。

翻 譯　　佐藤寫了封電子郵件給木村。

> 木村先生
>
> 明天晚上你有空嗎？
>
> 後天我放假，可以稍微悠閒一下，我下午考完試之後要去看電影。
>
> 你要不要一起去呢？
>
> 　　　　　　　　　　　　　　　　　　　　　　佐藤

29　請問佐藤什麼時候要去看電影呢？

1 今天　　　　　**2** 明天　　　　　**3** 昨天　　　　　**4** 後天

答案：**2**

解題攻略　　這一題問的是「いつ」（什麼時候），請小心題目中出現的干擾的時間點。

文章沒有直接點出是哪一天，但是信件一開始就問道「あしたの夜、時間がありますか」（明天晚上你有空嗎），再搭配最後一句「木村さんも一緒に行きませんか」（木村先生要不要一起去呢）就可以知道佐藤想約木村明天晚上去看電影，正確答案是 2。

「あさっては休みで…」（後天我放假…）是陷阱，這句話只是表明後天放假，並不是後天要看電影，因此選項 4 錯誤。

「ゆっくりできます」原句是「ゆっくりします」（悠閒做事情）。「ゆっくり」的意思是「慢慢地」，「できます」意思是「可以（做）…」。

✏ 重要單字

□ 明後日（あさって） 後天　　　　　　□ テスト 考試
□ 休み（やす） 放假；休假　　　　　　□ 終わる（お） 結束
□ ゆっくり 悠閒地；慢慢地　　　　　□ 映画（えいが） 電影
□ できる 可以…

✏ 文法と萬用句型

1　＿＿＿＿＋か　（嗎、呢）

說明　接於句末，表示問別人自己想知道的事。

例句　今晩（こんばん）　勉強（べんきょう）しますか。
今晩會唸書嗎？

[替換單字] 映画は（えいが） 面白いです（おもしろ） 電影有趣／彼は（かれ） 真面目です（まじめ） 他認真／
一緒に（いっしょ） 行きます（い） 一起去

2　＿＿＿＿＋あと　（…以後…）

說明　【動詞た形】＋あと。表示前項的動作做完後，做後項的動作。是一種按照時間順序，客觀敘述事情發生經過的表現，而前後兩項動作相隔一定的時間發生。後項如果是前項發生後，而繼續的行為或狀態時，就用「あと」。

例句　授業が（じゅぎょう）　始まった（はじ）　あと、おなかが　痛く（いた）　なりました。
開始上課以後，肚子忽然痛了起來。

3　＿＿＿＿＋ませんか　（要不要…吧）

說明　【動詞ます形】＋ませんか。表示行為、動作是否要做，在尊敬對方抉擇的情況下，有禮貌地勸誘對方，跟自己一起做某事。

例句　タクシーで　帰りませんか（かえ）。
要不要搭計程車回去呢？

つぎの (1)から (3)の ぶんしょうを 読んで、しつもんに こたえて ください。こたえは 1・2・3・4から いちばん いい ものを 一つ えらんでください。

(1)

　わたしは よく 日本の テレビを 見ます。話して いる ことばが すこし わかりますから、とても おもしろいです。でも、わからない ことばも まだ たくさん あります。もっと たくさんの ことばを 早く 覚えたいです。

27 どうして テレビは おもしろいですか。
　1 テレビの 中の 人の 話が よく わかりますから。
　2 テレビの 中の 人の 話が すこし わかりますから。
　3 わからない ことばが たくさん ありますから。
　4 たくさんの ことばを 早く 覚えたいですから。

(2)

　みなさん、今から　英語の　テストを　します。机の　上には
鉛筆と　消しゴムだけ　出して　ください。本と　ノートは　か
ばんの　なかに　入れて　ください。かばんは　机の　よこに　置
いて　ください。

⑧

28 机の　上は　どうなりましたか。

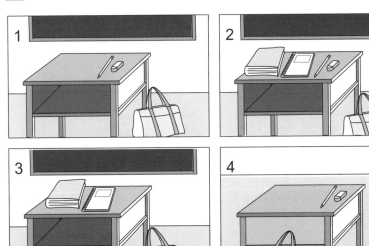

(3)

高木さんが　りんさんに　メールを　書きました。

りんさん

　きのう　DVDを　借りました。
　りんさんが　好きだと　いって　いた　フランスの　映画の　DVDです。
　わたしは　きょう　はじめて　見ました。とても　おもしろかったです。
　また、おもしろい　映画を　教えて　くださいね。

高木

29　高木さんは　きょう、何を　しましたか。

1　映画を　見に　行きました。

2　DVDを　買いました。

3　DVDを　見ました。

4　DVDを　借りました。

⑧ 翻譯與解題

請先閱讀下面的文章 (1) ～ (3) 再回答問題。請從選項 1・2・3・4 當中選出一個最適當的答案。

---

(1) ／ 27

翻譯　　我常常看日本的電視節目。我聽得懂一點電視上所講的話，所以覺得很有趣。不過我還有很多不懂的單字。我想快點記住更多的單字。

27 請問電視為什麼很有趣呢？

1 因為都聽得懂電視裡面的人在説什麼
2 因為稍微聽得懂電視裡面的人在説什麼
3 因為有很多不懂的單字
4 因為想快點記住很多單字

答案：2

解題攻略　　這一題題目問「おもしろい」（有趣），而文章第二句「話していることばがすこしわかりますから、とてもおもしろいです」就有「おもしろい」這個單字。

「から」用以表示主觀的原因。作者表示覺得有趣是因為電視上所說的話他能聽懂一點。「すこし」是「一點點」、「稍微」的意思。因此正確答案是 2。

✓ 重要單字

□ 話す 説話
□ 言葉 語言；字彙
□ 少し 一點點
□ 分かる 知道

□ 面白い 有趣的
□ 早い 快的
□ 覚える 記住

⑦ 文法と萬用句型

1 まだ＋ ☐☐☐☐☐ （還…；還有…）

［說明］ まだ＋【定表達方式】。表示同樣的狀態，從過去到現在一直持續著，或是還留有某些時間或東西。

［例句］ 別れた　恋人の　ことが　まだ　好きです。

> わか　こいびと　　　　　　　　　　　　す

依然對已經分手的情人戀戀不忘。

---

(2) ／ 28

［翻　譯］ 各位同學，現在我們要開始考英文。桌子上只能放鉛筆和橡皮擦。書和筆記本請收到書包裡面。書包請放在桌子旁邊。

28 請問桌面的情形為何？

答案：**1**

［解題攻略］ 這一題的解題關鍵在文章中的「～てください」，此句型用於表示請求、指示或命令。

文章首先提到「机の上には鉛筆と消しゴムだけ出してください」（桌子上只能放鉛筆和橡皮擦），所以圖2和圖3都是錯的。

文章最後提到「かばんはつくえのよこに置いてください」（書包請放在桌子旁邊），所以圖4是錯的。

「本とノートはかばんのなかに入れてください」（書和筆記本請收到書包裡面）是本題的陷阱。句中雖然也有「～てください」句型，但是這句話是要學生把書和筆記本收起來，所以桌面上不會出現這兩項東西。因此正確答案是1。

「だけ」表示限定，翻譯成「只…」。

⑧

⚠ 重要單字

□ 英語（えいご） 英文
□ 机（つくえ） 桌子
□ 上（うえ） 上面
□ 鉛筆（えんぴつ） 鉛筆
□ 消しゴム（け） 橡皮擦
□ だけ 只有

□ 本（ほん） 書
□ ノート 筆記本
□ かばん 包包
□ 入れる（い） 放入
□ よこ 横向；側面
□ 置く（お） 放置

翻譯　高木寫了封電子郵件給林同學。

> 林同學
>
> 昨天我租了 DVD。
>
> 我租的是你之前説很喜歡的法國電影。
>
> 我今天第一次看。非常有趣。
>
> 如果還有好看的電影請再告訴我喔。
>
> 高木

29 請問高木今天做了什麼事情？

1 去看電影

2 去買 DVD

3 看 DVD

4 去租 DVD

答案：3

解題攻略　本題問題關鍵在「きょう」（今天），所以要特別注意時間點。

信件裡面提到「わたしはきょうはじめて見ました」（我今天第一次看），從前兩句話可以得知這句話指的是看DVD，所以今天高木做的事情是看DVD。其中「はじめて」是「第一次」的意思。

選項1「映画を見に行きました」（去電影院看電影）是錯誤的。

選項2「DVDを買いました」（去買DVD）也是錯的，因為文章一開始高木就説DVD是用租的。

選項4「DVDを借りました」（租DVD），高木的確有租DVD，不過從「きのうDVDを借りました」（昨天租了DVD）可以得知這是昨天的事情。因此正確答案是3。

✐ 重要單字

□ 借りる 借（入）

□ フランス 法國

□ 映画 電影

□ 初めて 第一次

□ また 再次；又…

□ 教える 教導；告訴

⑧

練習 ⑨ 試しにやってみよう！

つぎの (1)から (3)の ぶんしょうを 読んで、しつもんに こたえて ください。こたえは、1・2・3・4から いちばん いい ものを 一つ えらんで ください。

(1)

　きょう デパートで 新しい セーターを 買いました。わたしは 赤い セーターと 白い セーターは 持っていますが、青いのは 持って いませんでしたので、一枚 ほしかったからです。いいのが あったので とても うれしいです。

27 「わたし」は きょう、何を 買いましたか。
1 赤い セーター
2 赤い セーターと 白い セーター
3 青い セーターと 白い セーター
4 青い セーター

(2)

　一日に、新聞を　読む　時間を　調べました。A（20歳〜29歳）は　2時間で、B（30歳〜39歳）は　Aよりも　1.5時間おおいです。C（40歳〜49歳）は　Aより　0.5時間　すくないです。D（50歳〜59歳）は　いちばん　おおいです。

28　どの　グラフが　ただしいですか。

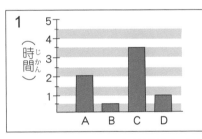

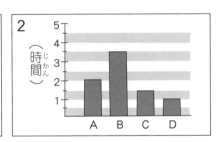

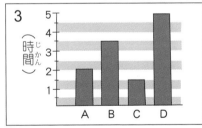

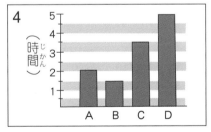

(3)

テーブルの　上<ruby>上<rt>うえ</rt></ruby>に　メモが　あります。

　　お母<ruby>母<rt>かあ</rt></ruby>さんは　スーパーに　買<ruby>買<rt>か</rt></ruby>い物<ruby>物<rt>もの</rt></ruby>に　行<ruby>行<rt>い</rt></ruby>って　います。冷<ruby>冷<rt>れい</rt></ruby>蔵庫<ruby>蔵庫<rt>ぞうこ</rt></ruby>の　中<ruby>中<rt>なか</rt></ruby>に　ケーキが　あります。宿題<ruby>宿題<rt>しゅくだい</rt></ruby>が　終<ruby>終<rt>お</rt></ruby>わって　から食<ruby>食<rt>た</rt></ruby>べて　くださいね。お母<ruby>母<rt>かあ</rt></ruby>さんは　6時<ruby>時<rt>じ</rt></ruby>　ごろ　帰<ruby>帰<rt>かえ</rt></ruby>りますから、出<ruby>出<rt>で</rt></ruby>かけないで、家<ruby>家<rt>いえ</rt></ruby>で　待<ruby>待<rt>ま</rt></ruby>って　いて　ください。

29　ケーキを　食<ruby>食<rt>た</rt></ruby>べる　まえに　何<ruby>何<rt>なに</rt></ruby>を　しますか。

1　家<ruby>家<rt>いえ</rt></ruby>に　帰<ruby>帰<rt>かえ</rt></ruby>ります。

2　外<ruby>外<rt>そと</rt></ruby>に　出<ruby>出<rt>で</rt></ruby>かけます。

3　スーパーに　買<ruby>買<rt>か</rt></ruby>い物<ruby>物<rt>もの</rt></ruby>に　行<ruby>行<rt>い</rt></ruby>きます。

4　宿題<ruby>宿題<rt>しゅくだい</rt></ruby>を　します。

⑨ 翻譯與解題

請先閱讀下面的文章 (1)～(3) 再回答問題。請從選項 1・2・3・4 當中選出一個最適當的答案。

---

(1) ／ 27

<u>翻 譯</u>　今天我在百貨公司買了新的毛衣。我雖然有紅色毛衣和白色毛衣，但我沒有藍色毛衣，所以很想買一件。因為找不錯的，所以我很開心。

[27] 請問「我」今天買了什麼呢？

1 紅色毛衣　　　　　　　2 紅色毛衣和白色毛衣
3 藍色毛衣和白色毛衣　　4 藍色毛衣

答案：4

<u>解題攻略</u>

本題問題關鍵在「何を買いましたか」，問的是買了什麼，不是「わたし」有什麼，請小心。

文章最初提到「きょうデパートで新しいセーターを買いました」（今天我在百貨公司買了新的毛衣），後面又提到「青いのは持っていませんでしたので、一枚ほしかったからです」（但我沒有藍色毛衣，所以很想買一件）。由上述可知「わたし」（我）買的是藍色毛衣。正確答案是 4。

「～を持っています」表示某人擁有某物。

「ので」用於表示客觀原因，「ほしかった」的意思是「之前很想要」。「～からです」則是用於表示主觀原因。

「青いのは」和「いいのがあった」的「の」都沒有實質意義，只是為了避免繁複，用來取代「セーター」而已。

重要單字

□ デパート 百貨公司

□ 新^{あたら}しい 新的

□ セーター 毛衣

□ しろい 白色

□ 青^{あお}い 藍色

□ ～枚^{まい} （數量詞）…件

文法と萬用句型

1 ＿＿＿＿＋の （…的）

說明 【名詞】＋の。準體助詞「の」後面可省略前面出現過，或無須說明大家都能理解的名詞，不需要再重複，或替代該名詞。

例句 その 車^{くるま}は 私^{わたし}のです。

那輛車是我的。

---

(2) ／ 28

翻 譯 我調查了人們一天之中花多少時間閱讀報紙。A（20～29 歲）花 2 個小時，B（30～39 歲）比 A 多花了 1.5 個小時，C（40～49 歲）比 A 少了 0.5 個小時，D（50～59 歲）花最多時間。

28 請問哪個圖表是正確的呢？

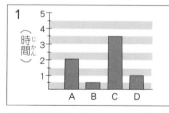
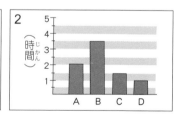
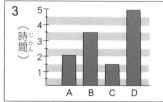
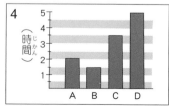

084

解題攻略

本題要將字面上的資料轉化成直條圖，考驗考生的讀圖能力。

調查以A（2小時）為基準，B比A多1.5個小時，所以B是2＋1.5＝3.5（小時）。

C比A少了0.5個小時，所以是 2 - 0.5 = 1.5（小時）

「D（50歲〜59歲）はいちばんおおいです」，這句指出D是所有年代當中花最多時間的，「いちばん〜」的意思是「最…」，表示程度最高。

四個年代按照時間多寡排順序，依序是「D＞B＞A＞C」。所以正確答案是3。

句型「〜より」（比起…）表示比較。「どの」用於在三樣以上的東西裡面挑出一個，如果選項只有兩樣，則用「どちら」。

✔ 重要單字

□ 一日 (いちにち) 一天
□ 新聞 (しんぶん) 報紙
□ 読む (よむ) 看（報紙）
□ 時間 (じかん) 時間；小時

□ 調べる (しらべる) 調查
□ 〜歳 (さい) …歲
□ グラフ 圖表

1 ⬜⬜⬜ ＋は＋ ⬜⬜⬜ ＋より　（…比…）

> **說明** 【名詞】＋は＋【名詞】＋より。表示對兩件性質相同的事物進行比較後，選擇前者。「より」後接的是性質或狀態。如果兩件事物的差距很大，可以在「より」後面接「ずっと」來表示程度很大。

> **例句** 兄は　母より　背が　高いです。
> 哥哥個子比媽媽高。

2 どの＋ ⬜⬜⬜ 　（哪…）

> **說明** どの＋【名詞】。「どの」（哪…）表示事物的疑問和不確定。

> **例句** どの　人が　田中さんですか。
> 哪一個人是田中先生呢？

---

(3) ／ 29

> **翻 譯**　桌上有一張紙條。

> > 媽媽去超市買東西。冰箱裡面有蛋糕，寫完功課後再吃喔。媽媽大概 6 點會回家，你不要出門，乖乖待在家。

> [29] 請問吃蛋糕前要做什麼事情呢？

> **1** 回家
> **2** 出門
> **3** 去超市買東西
> **4** 寫功課

解題攻略

本題題目關鍵在「ケーキを食べるまえに」（吃蛋糕前）。

解題重點在「冷蔵庫の中にケーキがあります。宿題が終わってから食べてくださいね」（冰箱裡面有蛋糕，寫完功課後再吃喔），由此知冰箱裡面的蛋糕要等功課寫完才能吃。正確答案是4。

「～まえに」前面接動詞原形，表示「在…之前」，像這種詢問先後順序的題目要特別注意像是「～まえに」（在…之前）、「～あとで」（在…之後）、「～てから」（先…）、「初めに」（最先…）等表示順序的詞語。

「待っていてください」是要對方維持等待的狀態，而且可能要等上一段時間。

重要單字

□ テーブル 桌子　　　　　□ 冷蔵庫（れいぞうこ） 冰箱

□ メモ 備忘錄；紙條　　　□ ケーキ 蛋糕

□ スーパー 超市　　　　　□ 出かける（で） 出門

小知識大補帖

日本的超市有很多料理和調理方便的食品，許多主婦會利用晚上七點後生鮮食品打折的時段前往超市，用這些材料不但可以輕鬆做出餐廳菜色，還可以替家裡省下一筆開銷！

練習 ⑩ 試しにやってみよう！

つぎの (1) から (3) の ぶんしょうを 読んで、しつもんに こたえて ください。こたえは、1・2・3・4から いちばん いい ものを 一つ えらんで ください。

(1)

　先週、友だちと　京都へ　行きました。たくさんの　お寺や神社を　見ました。友だちは　美術館へも　行きましたが、わたしは　行きませんでした。大阪へも　行きたかったですが、時間がありませんでした。

27　「わたし」は　京都で　どこへ　行きましたか。
1　お寺と　神社と　美術館
2　美術館と　大阪
3　お寺と　神社
4　大阪

(2)

　わたしの　家_{いえ}は　駅_{えき}の　近_{ちか}くです。駅_{えき}の　左側_{ひだりがわ}に　スーパーが
あります。スーパーは　交差点_{こうさてん}の　角_{かど}に　ありますので、入り口_{いりぐち}
の　前_{まえ}の　信号_{しんごう}を　渡_{わた}って　ください。そこに　パン屋_やが　あり
ます。わたしの　家_{いえ}は　その　右側_{みぎがわ}です。

28　「わたしの　家_{いえ}」の　絵_えは　どれですか。

⑩

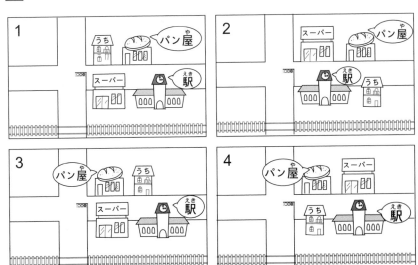

(3)

花子さんは　山田さんに　メモを　書きました。

山田さんへ

　　きのうは　一日　どうもありがとう。山田さんに　借り
た　本を　持って　きました。とても　おもしろかったの
で、山田さんに　借りて　よかったです。借りた　本は
机に　置きます。それから　母から　送って　きた　おか
しも　置きます。どうぞ　食べて　ください。

　　ではまた。

　　　　　　　　　　　7月10日　午後　3時　花子より

29　花子さんは　7月10日に　何を　しましたか。

1　本を　借りました。

2　本を　返しました。

3　おかしを　送りました。

4　おかしを　つくりました。

⑩ 翻譯與解題

請先閱讀下面的文章(1)〜(3)再回答問題。請從選項1・2・3・4當中選出一個最適當的答案。

(1) ／ 27

翻　譯　上個禮拜我和朋友去京都。參觀很多寺廟和神社。朋友還去了美術館，不過我沒去。雖然我也很想去大阪，不過沒時間。

27　請問「我」在京都去了哪裡呢？

1　寺廟、神社和美術館

2　美術館和大阪

3　寺廟和神社

4　大阪

答案：3

解題攻略　本題問的是「どこ」（哪裡），要掌握「わたし」（我）去了哪些地方，哪些地方沒去。

文章第一句提到「先週、友だちと京都へ行きました」（上個禮拜我和朋友去京都），暗示接下來的話題是關於這趟京都行。

文章接著寫到「たくさんのお寺や神社を見ました」（參觀很多寺廟和神社），所以選項2、4都是錯的。

下一句又說「友だちは美術館へも行きましたが、わたしは行きませんでした」（朋友還去了美術館，不過我沒去），所以選項1錯誤。

最後文章又提到「大阪へも行きたかったですが、時間が
ありませんでした」（雖然我也很想去大阪，不過沒時
間），所以「わたし」沒有去大阪。正確答案是 3。

「～たかったですが」表達說話者原本想做某件事卻不能
如願的惋惜。

❷ 重要單字

□ 先週 上週
□ 友達 朋友
□ 京都 京都

□ お寺 寺廟
□ 神社 神社
□ 美術館 美術館

❷ 文法と萬用句型

1 ＿＿＿ ＋へも （…也去…）

說明 【名詞（＋助詞）】＋も。表示不只是「へ」前面的名詞以外的人事物。

例句 日曜日は 東京へも 行きました。
星期日也去了東京。

❷ 小知識大補帖

京都是日本平安時代的首都，因而留下許多古建築，保留許多古色古香的文化風格。
藝妓、神社、京都御所等，都是世界知名的觀光點。

(2) ╱ 28

翻　譯　我家在車站附近。車站左邊有一間超市，超市在十字路口的轉角，入口處有一個紅綠燈，請過那個紅綠燈。過了紅綠燈會看到一家麵包店，我家就在它的右邊。

28 請問「我家」的位置圖是下列哪一張圖片呢？

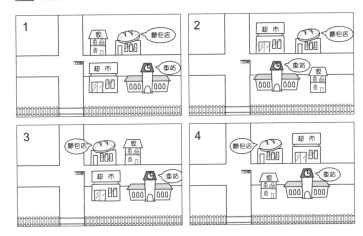

答案：3

解題攻略

這一題考的是路線位置，這種題型需要背熟的單字有：「角（かど）、橋（はし）、交差点（こうさてん）」。方向「まっすぐ、右（みぎ）、左（ひだり）、向こう（むこう）、後ろ（うしろ）、前（まえ）」。順序「一つ目（ひとつめ）、次（つぎ）」。動詞「行く（いく）、歩く（あるく）、渡る（わたる）、曲がる（まがる）」。

文章首先提到「駅の左側にスーパーがあります」（車站左邊有一間超市），所以圖 2、4 都是錯的。

接著作者又說「スーパーは交差点の角にありますので、入り口の前の信号を渡ってください」（超市在十字路口的轉角，入口處有一個紅綠燈，請過那個紅綠燈），圖 1、3 都吻合這個敘述。

最後提到「そこにパンやがあります。わたしの家はその右側です」（過了紅綠燈會看到一家麵包店，我家就在它的右邊）。「そ」開頭的指示詞用於指示前面所提到的東西，這個「そこ」指的是過了紅綠燈後所在的位置，說明這裡有一間麵包店。後面的「その」指的是前一句提到的麵包店，意思是「わたし」（我）的家就在這間麵包店的右邊，所以圖1是錯的，正確答案是3。

句型「AにBがあります」（在A這邊有B）和「BはAにあります」（B在A），都用於表示東西的位置。

重要單字

- □ 近く 附近
- □ 左側 左側
- □ 交差点 十字路口
- □ 入り口 出口

- □ 角 （街）角
- □ 信号 交通號誌
- □ パン屋 麵包店

文法と萬用句型

① ＿＿＿＿＋に＋＿＿＿＿＋があります （…有…）

說明 【名詞】＋に＋【名詞】＋があります。表某處存在某個無生命事物，用「（場所）に（物）があります」。

例句 あそこに 交番が あります。
那裡有派出所。

[替換單字] ここ 這裡・花瓶 花瓶／
そこ 那裏・カメラ 相機／
向こう 那邊・建物 建築物／
箱の中 箱子裡・お菓子 甜點

094

小知識大補帖

如果在日本迷路了，就詢問當地人吧！透過問路可以增強日語實力，等於直接跟日本人學日語，這可是很好的機會喲！以下幾個句子可以在迷路時派上用場：「すみませんが、ちょっと教えてください」（對不起，請教一下）、「道を迷いました」（我迷路了）、「駅への道を教えてください」（請告訴我車站怎麼走）、「今いるところはこの地図のどこですか」（現在位置在這張地圖的哪裡呢）。

(3) ／ 29

翻　譯　花子寫了張紙條給山田。

> 給山田
>
> 昨天真是多謝了。我把向你借的書帶來了。這本書非常好看，還好我有向你借。借來的書就放在書桌上，還附上我媽媽寄給我的點心，請你吃吃看。
>
> 就這樣。
>
> 7 月 10 日下午 3 點　花子

29 請問花子在 7 月 10 日做了什麼事情呢？

1 借書
2 還書
3 寄送點心
4 做點心

答案：2

解題攻略　信件開頭通常會寫上收件者，收件者後加上「へ」就是「給…」的意思。信末則會留下寄件者署名，在署名後加上「より」就表示「上」。署名前面的日期（7月10日）就是留下這張紙條的日期。

解題關鍵在紙條的第二句「山田さんに借りた本を持って
きました」（我把向你借的書帶來了）和紙條中的「借り
た本は机に置きます」（借來的書就放在書桌上），由此
可知把借的書帶來、放在桌上就是寫這張紙條的當天（7
月10日）的事，所以正確答案是選項2「本を返えしまし
た」（還書）。

接著提到「それから母から送ってきたおかしも置きま
す」（還附上我媽媽寄給我的點心），「母から」的「か
ら」表示東西的來源，由此可知點心是從母親那裡得到
的，並非花子寄的或做的，花子僅是「おきます」（擺
放），所以選項3、4都錯誤，正確答案是2。

「よかったです」用於表示慶幸、感激的心情。

「それから」意思是「接著…」、「還有…」，用於承上
啓下。

● 重要單字

□ 昨日（きのう） 昨天　　　　　□ 送る（おく） 寄；送

□ 借りる（か） 借　　　　　　　□ お菓子（かし） 點心

□ それから 接著；還有

練習 ⑪ 試しにやってみよう！

つぎの (1)から (3)の ぶんしょうを 読んで、しつもんに こたえて ください。こたえは、1・2・3・4から いちばん いい ものを 一つ えらんで ください。

(1)

　わたしは、きょう 図書館に 本を 借りに 行きました。でも、読みたい 本は ほかの 人が 借りて いて、ありませんでした。図書館の 人が 「予約を して ください。」と 言いましたので、そうしました。

27 「わたし」は きょう 図書館で 何を しましたか。
1 本を 返しました。
2 本を 借りました。
3 本を 読みました。
4 本を 予約しました

(2)

　　この　ネクタイは　1500円です。その　となりの　しろい　ネクタイは　2000円ですが、きょうは　200円　安く　なって　います。

28　どの　絵が　ただしいですか。

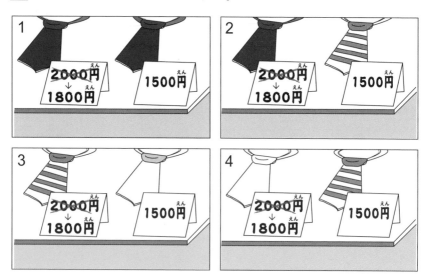

(3)

　あした　いっしょに　遊_{あそ}びに　行_いく　友_{とも}だちから　メールが
来_きました。

山川_{やまかわ}さん

　あしたの　お弁当_{べんとう}と　飲_のみ物_{もの}は　わたしが　準備_{じゅんび}します。山川_{やまかわ}さんは　おかしを　持_もって　きて　ください。それから、あしたは　暑_{あつ}く　なりますから、ぼうしを　忘_{わす}れないで　ください。じゃ、あした　8時_じに　駅_{えき}で　会_あいましょう。

吉田_{よしだ}

29　山川_{やまかわ}さんは　あした　何_{なに}を　持_もって　行_いきますか。

1　お弁当_{べんとう}と　飲_のみ物_{もの}

2　おかし

3　お弁当_{べんとう}と　飲_のみ物_{もの}と　ぼうし

4　おかしと　ぼうし

⑪ 翻譯與解題

請先閱讀下面的文章(1)～(3)再回答問題。請從選項1・2・3・4當中選出一個最適當的答案。

---

(1) ／ 27

翻 譯　我今天去圖書館借書。可是我想看的書被別人借走了，所以找不到。圖書館的人要我預約，所以我照做了。

27 請問「我」今天在圖書館做了什麼事情？

1　還書　　　　　　　　2　借書
3　看書　　　　　　　　4　預約借書

答案：**4**

解題攻略

這一題問的是「きょう」（今天），但可別看到第一句「わたしは、きょう図書館に本を借りに行きました」（我今天去圖書館借書）就以為選項2「本を借りました」（借書）是答案，請小心後面表示逆接的「でも」（可是）。

文章第二句「でも、読みたい本はほかの人が借りていて、ありませんでした」（可是，我想看的書被別人借走了，所以找不到）表達了無法借書，所以選項2錯誤。

解題重點在最後一句「そうしました」（我照做了），過去式「しました」表示「わたし」（我）做了一件事，至於是什麼事呢？線索就藏在「そう」（這樣…），「そ」開頭的指示詞指示前面提到的事物，在本文指的是「図書館の人が『予約をしてください』と言いました」（圖書館的人要我預約）這件事。也就是說「わたし」（我）接受館員的建議，預約了想借的書。正確答案是4。

重要單字

- □ 今日（きょう）今天
- □ 図書館（としょかん）圖書館
- □ 本（ほん）書
- □ 借りる（か）借（入）

- □ ほか 其他
- □ 予約（よやく）預約
- □ 返す（かえ）歸還

---

(2) ／ 28

翻 譯　這條領帶是 1500 圓。它旁邊的白色領帶是 2000 圓，不過今天便宜了 200 圓。

28 請問下列哪張圖是正確的呢？

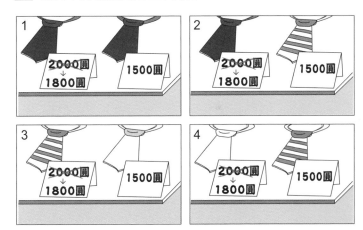

答案：4

解題攻略

「どの」用於在三樣以上的東西裡面挑出一個，如果選項只有兩樣，就用「どちら」。

「このネクタイは1500円です」（這條領帶是1500圓），「こ」開頭的指示詞用來指示離說話者比較近的事物。

下一句「そのとなりのしろいネクタイは2000円ですが、きょうは200円安くなっています」（它旁邊的白色領帶是2000圓，不過今天便宜了200圓）的「その」指的是「（このネクタイの）となりのしろいネクタイ」（〈這條領帶〉旁邊的白色領帶）。「そ」開頭的指示詞指前面提到的1500日圓的領帶。這句話用了對比句型「Aは〜が、Bは〜」，表示白色領帶今天的售價和之前不一樣。

2000－200＝1800（圓），所以白色領帶是1800圓。正確答案是4。

❷ 重要單字

□ この 這個

□ ネクタイ 領帶

□ 〜円 …日圓

□ どの 哪一個

□ 絵 插圖

❷ 小知識大補帖

在日本購物時，想要試穿、試戴商品時，該怎麼説呢？不妨試試萬用句「動詞＋もいいですか」（可以＿＿嗎）吧！只要在動詞部分套用「試着して」（試穿）、「つけてみて」（試戴）、「触って」（摸摸看）就行囉！

翻　譯

明天要一起出去玩的朋友寄了電子郵件給我。

> 山川同學
>
> 明天的便當和飲料就由我來準備。請你帶零食過來。另外，明天會變得很熱，所以別忘了戴帽子。那麼我們明天 8 點在車站見囉。
>
> 　　　　　　　　　　　　　　　　吉田

29 請問明天山川同學要帶什麼過去？

1 便當和飲料
2 零食
3 便當、飲料和帽子
4 零食和帽子

答案：**4**

解題攻略

這一題問的是「山川さん」要帶什麼東西過去，可別搞混了。因為寫這封信的人不是山川本人，所以可以從表示請求或命令的句型「～てください」中找出答案。

「あしたのお弁当と飲み物はわたしが準備します」（明天的便當和飲料就由我來準備）這句話的主語是「わたし」，也就是寫這封信的吉田。「わたしが」的「が」帶有強調的語感，排他性很強，翻譯成「就由我」，意思是「來做這件事情的不是別人，是我」。所以選項 1、3 都是錯的。

吉田接著說「山川さんはおかしを持ってきてください」
（請山川帶零食過來），後面又提到「ぼうしを忘れない
でください」（別忘了戴帽子）。所以山川要帶零食和帽
子，正確答案是4。

「～を忘れないでください」（請別忘了…）隱含的意思
就是「～を持ってきてください」（請帶…過來）。

「～ましょう」用來邀請對方一起做某件事情，在這邊暗
示了兩人早就約好碰面時間，需要一起遵守。

✔ 重要單字

□ お弁当 便當
□ 飲み物 飲料
□ 準備 準備
□ お菓子 點心；零食

□ 暑い 炎熱的
□ 帽子 帽子
□ 忘れる 忘記
□ 駅 車站

✔ 文法と萬用句型

1 ☐ ＋から　（從…、由…）

說明　【名詞（對象）】＋から。表示從某對象借東西、從某對象聽來的消息，
或從某對象得到東西等。「から」前面就是這某對象。

例句　山田さんから　時計を　借りました。
我向山田先生借了手錶。
［替換單字］友だち 朋友／姉 姐姐／伯父さん 伯父

▶ **介紹家庭**

わたしの 家は 4人 家族です。
我家一共有四個人。

家族は 夫と 子供 3人です。
我家有先生、孩子、還有我一共三個人。

わたしの 家族は 父、母、姉、そして 僕です。
我家有爸爸、媽媽、姐姐，還有我。

一番 下の 娘です。
這是我么女。／我是排行最小的女兒。

三人 兄弟の 真ん中です。
我在三個兄弟姊妹裡排行中間。

父は 来年 50に なります。
我的父親明年五十歲。

姉は 会社員です。
姐姐是上班族。

兄は 野球が 上手です。
哥哥很會打棒球。

我が家は 大家族です。
我們家是個大家庭。

▶ **邀約**

出かけませんか。
要不要出來碰個面呢。

出かけましょう。
我們出門去吧。

日曜日に　会えますか。
星期日可以見個面嗎？

買い物に　行かない。
要不要去買東西？

明日、暇ですか。
明天有空嗎？

土曜日は　大丈夫ですか。
你星期六有時間嗎？

近い　うちに　会いましょう。
我們最近見個面吧。

今度また　みんなで　会いましょう。
下回大家一起聚一聚吧。

▶ 道謝與道歉

ありがとう。
謝謝。

どうも　ありがとうございます。
非常感謝。

どういたしまして。
不客氣。

大丈夫ですよ。
不要緊

こちらこそ。
我才應該向你道謝。

すみません。
對不起

ごめんなさい。
對不起。

挑戦篇

チャレンジ編

STEP

2

練習 ① 試しにやってみよう！

つぎの ぶんしょうを 読んで、しつもんに こたえて ください。こたえは、1・2・3・4から いちばん いい ものを 一つ えらんで ください。

　わたしが 住んで いる ビルは 5階まで あります。わたしの 家は 4階です。4階には わたしの 家の ほかに、二つの 家が あります。

　となりの 家には、小さい 子どもが います。3歳 ぐらいの 男の 子で、いつも 帽子を かぶって います。よく 公園で お母さんと 遊んで います。

　もう 一つの 家には、女の 子が 二人 います。わたしと 同じ 小学校に 行って います。一人は 同じ クラスなので、いつも いっしょに 帰って きます。

　今度、新しく 2階に 来る 家には、わたしと 年の 近い 女の 子が いると 聞きました。早く いっしょに 遊びたいです。

30 いつも いっしょに 帰(かえ)って くる 子(こ)は、何階(なんがい)に 住(す)んで いますか。

1　5階(かい)

2　4階(かい)

3　3階(がい)

4　2階(かい)

31 男(おとこ)の 子(こ)は よく 何(なに)を して いますか。

1　家(うち)に いる

2　公園(こうえん)に 行(い)く

3　学校(がっこう)に 行(い)く

4　女(おんな)の 子(こ)と 遊(あそ)ぶ

① 翻譯與解題

請先閱讀下面的文章再回答問題。請從選項 1・2・3・4 當中選出一個最適當的答案。

翻　譯

我住的大樓一共有五層樓。我家在 4 樓。4 樓除了我家以外，還有其他兩戶。

隔壁那戶有很小的小朋友。是個年約 3 歲的小男孩，總是戴著帽子。他常常和他媽媽在公園玩耍。

另一戶有兩個小女孩。她們和我上同一間小學。其中一個人和我同班，所以我們都一起回家。

聽說這次要搬來 2 樓的新住戶有個和我年紀差不多的女孩，希望能快快和她一起玩。

30

翻　譯

30 請問總是和作者一起回家的小孩住在幾樓呢？

1　5 樓
2　4 樓
3　3 樓
4　2 樓

答案：**2**

解題攻略

這一題先找出文章裡面提到一起回家的女孩。第三段提到「一人は同じクラスなので、いつもいっしょに帰ってきます」（其中一個人和我同班，所以我們都一起回家），這一段是在說「もう一つの家」（另一戶）的情形，當同時說明兩件事物時，說完第一項，要說第二項的時候，就可以用「もう一つ」（另一個…）。

第一段提到「わたしの家は４階です。４階にはわたしの家のほかに、二つの家があります」（我家在４樓。４樓除了我家以外，還有其他兩戶），由此可知這個「もう一つの家」也住在４樓，因此正確答案是２。

「～のほかに」表示「除了…還有…」。

31

31 請問小男孩常常做什麼呢？

1 待在家
2 去公園
3 去上學
4 和小女孩一起玩

答案：**2**

解題攻略

這一題問題關鍵在「よく何をしていますか」，問的是平常常做什麼事情。

第二段提到小男孩是「３歳ぐらいの男の子で、いつも帽子をかぶっています。よく公園でお母さんと遊んでいます」（是個年約３歲的小男孩，總是戴著帽子。他常常和他媽媽在公園玩耍），「～ぐらい」（大概…）表示推測。

「かぶっています」可以翻譯成「戴著…」，這裡的「～ています」表示狀態或習慣，不是現在進行式的「正在戴」，雖然「戴帽子」也是男孩常做的事情，不過沒有這個選項，「遊んでいます」的「～ています」表示狀態或習慣，不是現在進行式的「正在玩」，從這邊可以得知小男孩最常做的事情就是去公園。因此正確答案是２。

STEP 1
チャレンジ編

STEP 2

応用編

①

第四段「わたしと年の近い女の子がいると聞きました」（聽說有個和我年紀差不多的女孩），這裡的「年の近い女の子」也可以用「年が近い女の子」來代替，「早くいっしょに遊びたいです」（希望能快快和她一起玩）的「～たいです」表示說話者個人的心願、希望。

🕐 重要單字

□ もう一つ 另外一個

□ 女の子 小女孩

□ 小学校 小學

□ 同じ 相同

□ クラス 班級

□ 今度 這次

□ 年の近い 年齢相近

□ 聞く 聽説；問

□ 早く 快一點

□ 住む 居住

□ ビル 大樓

□ ～階 …樓

□ 隣 隔壁

□ 小さい 小的

□ 子ども 小孩

□ ～歳 …歲

□ 男の子 小男孩

□ いつも 總是

□ 帽子 帽子

□ かぶる 戴〈帽子〉

□ よく 常

□ 公園 公園

□ お母さん 媽媽

□ 遊ぶ 遊玩

🕐 文法と萬用句型

1 ▢ +ています （表習慣性）

說明 【動詞て形】＋います。跟表示頻率的「毎日（まいにち）、いつも、よく、時々（ときどき）」等單詞使用，就有習慣做同一動作的意思。

例句 毎朝 いつも 紅茶を 飲んで います。
每天早上習慣喝紅茶。

[替換單字] 勉強して 念書／歌って 唱歌／風呂に 入って 泡澡

112

2 ⬜⬜⬜＋ています　（表結果或狀態的持續）

說明【動詞て形】＋います。表示某一動作後的結果或狀態還持續到現在，也就是說話的當時。

例句 絵が　かかって　います。
絵
掛著畫。

［替換單字］ドアが　閉まって　關著門／帽子を　かぶって　戴著帽子
　　　　　　　　　し　　　　　　　　　ぼうし

3 ⬜⬜⬜＋たい　（…想要…）

說明【動詞ます形】＋たい。表示說話人（第一人稱）內心希望某一行為能實現，或是強烈的願望。否定時用「たくない」、「たくありません」。

例句 食べたいです。
た
想要吃。

［替換單字］買い　買／行き　去／飲み　喝
　　　　　　か　　　　い　　　　の

練習 ② 試しにやってみよう！

つぎの ぶんしょうを 読んで、しつもんに こたえて ください。こたえは、1・2・3・4から いちばん いい ものを 一つ えらんで ください。

　父は 毎日 コーヒーを 飲みます。夏の 暑い ときには、冷たい コーヒーを、冬の 寒い ときには、温かい コーヒーを 飲みます。わたしも ときどき 飲みますが、コーヒーは おいしいと 思いません。

　きょうの 朝は、コーヒーが ありませんでした。きのう、スーパーへ 行った とき、売って いなかったからです。父は わたしたちと いっしょに お茶を 飲みました。きょうの お茶は、中国の 有名な お茶でした。寒い 朝に、温かい お茶を 飲んで、体も 温かく なって、元気が 出ました。

30 きょうの 朝、お父さんは どうして コーヒーを 飲み
ませんでしたか。

1 きょうの 朝は 寒かったので

2 うちに コーヒーが なかったので

3 コーヒーは おいしいと 思わないので

4 きょうの 朝は 暑かったので

31 きょうの 朝は どんな お茶を 飲みましたか。

1 あまり おいしくない お茶

2 有名な お茶

3 冷たい お茶

4 まずい お茶

② 翻譯與解題

請先閱讀下面的文章再回答問題。請從選項 1‧2‧3‧4 當中選出一個最適當的答案。

翻 譯　爸爸每天都會喝咖啡。夏天炎熱的時候喝冰咖啡，冬天寒冷的時候就喝熱咖啡。我有時雖然也會喝，可是我不覺得咖啡很美味。

今天早上咖啡沒有了。這是因為昨天去超市的時候發現它沒有賣。爸爸和我們一起喝了茶。今天的茶是中國很有名的茶葉。在寒冷的早上喝一杯溫熱的茶，身體會暖和起來，精神都來了。

30

翻 譯　30 請問今天早上為什麼爸爸沒有喝咖啡呢？

1 因為今天早上很冷
2 因為家裡沒有咖啡
3 因為不覺得咖啡好喝
4 因為今天早上很熱

答案：2

解題攻略　這一題問題關鍵在「どうして」，問的是原因理由。

文章第一段提到「父は毎日コーヒーを飲みます」（爸爸每天都會喝咖啡），不過第二段說明昨天在超市沒買到咖啡，今天早上沒有咖啡可以喝，所以爸爸才和其他人一起喝茶。正確答案是 2。

「夏の暑いときには、冷たいコーヒーを」（夏天炎熱的時候喝冰咖啡）的「を」，下面省略了「飲みます」。像這樣省略「を」後面的他動詞是很常見的表現，作用是調節節奏，或是讓內容看起來簡潔有力，我們只能依照常識去判斷被省略的動詞是什麼，在這邊因為後面有一句「温かいコーヒーを飲みます」，所以可以很明確地知道消失的部分是「飲みます」。

「わたしもときどき飲みますが、コーヒーはおいしいと思いません」（我有時雖然也會喝，可是我不覺得咖啡很美味），「ときどき」是「有時」的意思，表示頻率的常見副詞按照頻率高低排序，依序是「よく（時常）＞ときどき（有時）＞たまに（偶爾）＞あまり（很少）＞ぜんぜん（完全不）」，要注意最後兩個的後面都接否定表現。

「～と思いません」用來表示說話者的否定想法，「と」的前面放想法、感受，可以翻譯成「我不覺得…」、「我不認為…」。

31

翻　譯　 **31** 請問今天早上喝的茶是怎樣的茶呢？

1 不太好喝的茶
2 有名的茶
3 冰的茶
4 難喝的茶

答案：**2**

解題攻略

這一題解題關鍵在「きょうのお茶は、中国の有名なお茶でした」（今天的茶是中國很有名的茶葉），直接點出答案就是「有名なお茶」，正確答案是2。

> 「体も温かくなって」（身體也暖和了起來）的「～くなります」前面接形容詞語幹，表示變化。

重要單字

- □ 父 (ちち) 我的爸爸；家父
- □ 毎日 (まいにち) 每天
- □ コーヒー 咖啡
- □ 飲む (の) 喝
- □ 夏 (なつ) 夏天
- □ 暑い (あつ) 炎熱的
- □ 冷たい (つめ) 冰涼的
- □ 冬 (ふゆ) 冬天
- □ 寒い (さむ) 寒冷的
- □ 温かい (あたた) 暖和；溫暖

- □ 時々 (ときどき) 有時候
- □ スーパー 超市
- □ お茶 (ちゃ) 茶
- □ 中国 (ちゅうごく) 中國
- □ 有名 (ゆうめい) 有名
- □ 朝 (あさ) 早上
- □ 体 (からだ) 身體
- □ 元気 (げんき) 精神；精力
- □ まずい 味道不好的

文法と萬用句型

1 ☐ ＋とき （…的時候…）

說明 【名詞（の）；形容動詞（な）；[形容詞・動詞]普通形；動詞過去形；動詞現在形】＋とき。表示與此同時並行發生其他的事情。

例句 デパートへ 行った (い) とき、買いました。(か)
　去百貨公司的時候買了。

[替換單字] 新幹線に (しんかんせん) 乗った (の) 搭乘新幹線／休みの (やす) 休假／好きな (す) 喜歡

2 [　　　] ＋から　（因為…）

> **説明** 【[形容詞・動詞] 普通形 】＋から。表示原因、理由。一般用於説話人出於個人主觀理由，進行請求、命令、希望、主張及推測，是種較強烈的意志性表達。

> **例句** <ruby>甘<rt>あま</rt></ruby>いから、<ruby>食<rt>た</rt></ruby>べます。
> 因為很甜，所以要吃。
> [替換單字] <ruby>元気<rt>げん き</rt></ruby>　になる 有精神／<ruby>好<rt>す</rt></ruby>きだ 喜歡／
> <ruby>美味<rt>お い</rt></ruby>しい　ケーキだ 美味的蛋糕

3 [　　　] ＋なります　（變成…）

> **説明** 【形容詞詞幹】＋なります。形容詞後面接「なります」，要把詞尾的「い」變成「く」。表示事物本身產生的自然變化，這種變化並非人為意圖性的施加作用。即使變化是人為造成的，若重點不在「誰改變的」，也可用此文法。

> **例句** <ruby>空<rt>そら</rt></ruby>が　<ruby>赤<rt>あか</rt></ruby>く　なりました。
> 天空變紅了。
> [替換單字] <ruby>黒<rt>くろ</rt></ruby>く 黑／<ruby>青<rt>あお</rt></ruby>く 藍／<ruby>白<rt>しろ</rt></ruby>く 白

4 あまり＋[　　　] ＋ない　（不太…）

> **説明** あまり＋【[形容詞・形容動・動詞] 否定形 】＋ない。下接否定的形式，表示程度不特別高，數量不特別多。

> **例句** あの　<ruby>店<rt>みせ</rt></ruby>は　あまり　おいしく　ありません。
> 那家店不太好吃。
> [替換單字] <ruby>行<rt>い</rt></ruby>きたく 想去／きれいでは 漂亮

📝 小知識大補帖

「ウーロン<ruby>茶<rt>ちゃ</rt></ruby>」（烏龍茶）、「<ruby>紅茶<rt>こうちゃ</rt></ruby>」（紅茶）、「ミルクティー」（奶茶）、「コーヒー」（咖啡）、「オレンジジュース」（柳橙汁）、「レモンティー」（檸檬茶）、「コーラ」（可樂）、「ココア」（可可亞）。將這些飲料的日語記下來，再搭配萬用句「（飲料）＋をください」（請給我〈飲料〉），以後去日本要點飲料時就方便多了！

つぎの　ぶんしょうを　読んで、しつもんに　こたえて　ください。こたえは、1・2・3・4から　いちばん　いい　ものを　一つ　えらんで　ください。

　ことしの　夏休みに　したいことを　考えました。

　7月は　家族で　外国に　旅行に　行きますが、その　あとは　時間が　あるので、いろいろな　ことを　したいです。

　わたしは　音楽が　好きで、CDも　たくさん　持って　います。うちの　近くに　ピアノを　教えて　いる　先生が　いるので、夏休みに　習いに　行きたいです。来週、先生の　教室を　見に　行きます。

　それから、料理も　したいです。休みの　日には　ときどき　料理を　して　いますが、学校が　ある　日は　忙しいので　できません。母は　料理が　じょうずなので、母に　習いたいと　思います。

30 ことしの　夏休みに　何を　したいと　思って　いますか。
1　外国に　行って、ピアノを　習いたい
2　ピアノを　教えたい
3　ピアノと　料理を　習いたい
4　CDを　たくさん　買いたい

31 いつも　料理は　どのぐらい　しますか。
1　休みの　日に　ときどき　します。
2　しません。
3　毎日　します。
4　学校が　ある　日に　します。

③ **翻譯與解題**

請先閱讀下面的文章再回答問題。請從選項 1 · 2 · 3 · 4 當中選出一個最適當的答案。

翻　譯

我思考了一下今年暑假想做什麼。

7 月要和家人去國外旅行，回國後有空出的時間，所以我想做很多事情。

我喜歡音樂，也收藏很多 CD。我家附近有在教鋼琴的老師，所以我暑假想去學。下禮拜要去參觀老師的教室。

接著，我想要下廚。假日我有時候會煮菜，不過要上學的日子很忙，沒辦法下廚。我媽媽燒得一手好菜，所以我想向她討教幾招。

30

翻　譯

30 請問今年夏天作者想做什麼呢？

1　想去國外學鋼琴

2　想教授鋼琴

3　想學鋼琴和煮菜

4　想買很多的 CD

答案：3

解題攻略

這一題問題問的是作者今年暑假想做什麼，「～と思っていますか」是用來問第三人稱（＝作者）的希望、心願。如果是問「ことしの夏休みに何をしたいと思いますか」，就變成詢問作答的人今年暑假想做什麼了。

解題關鍵在第３段的「家の近くにピアノを教えている先生がいるので、夏休みに習いに行きたいです」（我家附近有在教鋼琴的老師，所以我暑假想去學），以及文章第４段的「それから、料理もしたいです」（接著，我想要下廚）。「それから」的意思是「還有…」，表示作者除了學鋼琴還有其他想做的事情，也就是第３段提到的「下廚」，因此正確答案是３。

「〜に行きたいです」的意思是「為了…想去…」。

選項１「外国に行って、ピアノを習いたい」（想去國外學鋼琴）的「〜て」表示行為的先後順序，意思是先去國外，然後在國外學鋼琴。

31

翻譯

31 請問作者多久下一次廚？

1 假日有時候會下廚
2 作者不煮菜
3 每天都下廚
4 有上學的日子才煮菜

答案：1

解題攻略

這一題問題關鍵在「どのぐらい」，可以用來詢問能力的程度，不過在這邊是詢問行為的頻率。

解題重點在第４段「休みの日にはときどき料理をしていますが、学校がある日は忙しいのでできません」，表示作者假日有時候會煮菜，不過要上學的日子就沒辦法下廚，因此正確答案是１。

> 「ときどき」是「有時」的意思，表示頻率的常見副詞按照頻率高低排序，依序是「よく（時常）＞ときどき（有時）＞たまに（偶爾）＞あまり（很少）＞ぜんぜん（完全不）」，要注意最後兩個的後面都接否定表現。

✐ 重要單字

□ 今年^{こ と し} 今年
□ 夏休み^{なつやす} 暑假
□ 考える^{かんが} 思考；考慮
□ 家族^{か ぞ く} 家族
□ 外国^{がいこく} 外國
□ 旅行^{りょこう} 旅行
□ 音楽^{おんがく} 音樂
□ 好き^す 喜歡
□ 持っている^も 擁有
□ ピアノ 鋼琴

□ 教える^{おし} 教導
□ 習う^{なら} 學習
□ 教室^{きょうしつ} 教室
□ 休み^{やす} 休假
□ 料理をする^{りょう り} 煮菜
□ ときどき 有時候
□ 忙しい^{いそが} 忙碌的
□ できる 會…；辦得到
□ 上手^{じょう ず} 拿手
□ 思う^{おも} 想；覺得

✐ 文法と萬用句型

① ☐☐☐＋は＋☐☐☐＋が　（表對象狀態）

說明 【名詞】＋は＋【名詞】＋が。「が」前面接名詞，可以表示該名詞是後續謂語所表示的狀態的對象。

例句 父^{ちち}は、頭^{あたま}が　大^{おお}きいです。
爸爸的頭很大。

［替換單字］ 母^{はは} 媽媽・顔^{かお} 臉／
兄^{あに} 哥哥・鼻^{はな} 鼻子／
姉^{あね} 姊姊・口^{くち} 嘴巴

STEP 2 練習 ④ 試しにやってみよう！

つぎの ぶんしょうを 読んで、しつもんに こたえて ください。こたえは、1・2・3・4から いちばん いい ものを 一つ えらんで ください。

　同じ クラスの 田中さんは、毎日、違う 色の 服を 着て きます。

　きょう、田中さんに「何色の 服が いちばん 好きですか。」と 聞きました。田中さんは「赤が いちばん 好きです。赤い 色の 服を 着た 日は、いちばん うれしいです。」と 言いました。今週、田中さんは 2回 赤い 色の 服を 着て 学校に 来ました。白い 服と 黄色い 服と 緑の 服も 1回ずつ ありました。

　わたしは、毎朝 学校に 着て いく 服の 色を、あまり 考えません。黒や 茶色の 服を よく 着ますが、これからは、もっと いろいろな 色の 服を 着たいと 思います。

30 今週、田中さんが いちばん よく 着た 服の 色は
何色ですか。

1 赤

2 白と 黄色

3 緑

4 黒と 茶色

31 「わたし」は、学校に 着て いく 服の 色を、これから
どうしたいと 思って いますか。

1 あまり 考えません。

2 赤い 色の 服を 着たいです。

3 これからも 黒や 茶色の 服を 着たいです。

4 いろいろな 色の 服を 着たいです。

④ 翻譯與解題

請先閱讀下面的文章再回答問題。請從選項 1・2・3・4 當中選出一個最適當的答案。

| 翻 譯 |

同班的田中同學每天都穿不同顏色的衣服。

今天我問田中同學：「妳最喜歡什麼顏色的衣服」，田中同學説：「我最喜歡紅色。穿紅色衣服的那一天最開心」。這禮拜田中同學穿了兩次紅色衣服來上學。白色衣服、黃色衣服和綠色衣服也各穿了一次。

我每天都沒有多想要穿什麼衣服上學。我常穿黑色或咖啡色的衣服，不過接下來我想多穿其他顏色的衣服。

30

| 翻 譯 |

[30] 請問這禮拜田中同學最常穿的衣服顏色是什麼顏色？

1 紅色
2 白色和黃色
3 綠色
4 黑色和咖啡色

答案：1

| 解題攻略 |

這一題問的是「いちばんよく着た」（最常穿的），「いちばん」（最…）表示最高級，表程度或頻率最多、最高的。

解題關鍵在第二段的最後兩句「今週、田中さんは２回赤い色の服を着て学校に来ました」（這禮拜田中同學穿了兩次紅衣服來上學）、「しろい服と黄色い服と緑の服も１回ずつありました」（白色衣服、黃色衣服和綠色衣服也各穿了一次）。

由此可知田中同學這個禮拜穿了 2 次紅衣服、1 次白衣服、1 次黃衣服、1 次綠衣服，所以紅色是這個禮拜最常穿的顏色。正確答案是 1。

「ずつ」前面接數量、比例，意思是「各…」。

31

翻 譯

31 請問「我」對於接下來穿去上學的衣服顏色，是怎麼想的呢？

1 沒多加思考
2 想穿紅色的衣服
3 接下來也要穿黑色或咖啡色的衣服
4 想穿各種顏色的衣服

答案：4

解題攻略

問題中的「どうしたい」意思是「想怎麼做」，「どう」用來詢問狀態，「～と思っていますか」用於詢問第三人稱的心願、希望。

答案在全文最後一句「黒や茶色の服をよく着ますが、これからは、もっといろいろな色の服を着たいと思います」（我常穿黑色或咖啡色的衣服，不過接下來我想多穿其他顏色的衣服）。「これから」意思是「接下來」，後面加上「は」表示接下來的發展將會和過去不一樣。正確答案是 4。

文章最後一段提到「わたしは…あまり考えません」（我…沒有多想…），句型「あまり～ません」表示程度不怎麼高或數量不怎麼多。請注意「あまり」的後面一定接否定表現，意思是「不怎麼…」。

🖊 重要單字

□ 同じ 相同的

□ クラス 班級

□ 違う 不同

□ 着る 穿

□ 何色 什麼顏色

□ 赤い 紅色的

□ 嬉しい 開心的

□ 黄色い 黃色的

□ 緑 綠色

□ 毎朝 每天早上

□ 茶色 茶色

□ よく 經常

□ もっと 更

🖊 文法と萬用句型

1 ☐ +ずつ （每、各）

説明 【數量詞】＋ずつ。接在數量詞後面，表示平均分配的數量。

例句 お菓子は　一人　1個ずつです。

點心一人一個。

[替換單字] 二つ 兩個／少し 一點

2 あまり＋ ☐ ＋ない （不太…）

説明 あまり＋【[形容詞・形容動・動詞] 否定形 】＋ない。「あまり」下接

否定的形式，表示程度不特別高，數量不特別多。

例句 小さいころ、あまり　体が　丈夫では　ありませんでした。

小時候身體不太好。

🖊 小知識大補帖

關於穿著打扮的單字還有「ズボン」（褲子）、「スカート」（裙子）、「コート」

（大衣）、「くつ」（鞋子）、「くつした」（襪子）、「帽子」（帽子）、「かばん」

（包包）。不妨一起記下來哦！

つぎの ぶんしょうを 読んで、しつもんに こたえて ください。こたえは、1・2・3・4から いちばん いい ものを 一つ えらんで ください。

　結婚するまえ、休みの 日は いつも おそくまで 寝て いました。12時ごろ 起きて、ゆっくり 朝ごはんを 食べて から、部屋の そうじを したり、本を 読んだり しました。

　今は 結婚して、子どもが いますので、休みの 日も 早く 起きます。子どもと いっしょに ６時 ごろに 起きて、朝ごはんを 作ります。子どもは 朝ごはんを 食べて、宿題を して から、友だちの 家に 遊びに 行ったり、公園に 行ったり します。お昼ごはんの 時間には 帰って きます。一人の 時間は あまり ありませんが、毎日 とても 楽しいです。

30 休みの 日、子どもは どうしますか。

1 部屋の そうじを したり、本を 読んだり します。

2 友だちの 家で お昼ごはんを 食べます。

3 友だちの 家や 公園に 行きます。

4 12時ごろ 起きます。

31 この 人は 今の 生活を どう 思って いますか。

1 一人の 時間が もっと ほしいです。

2 朝 早く 起きたく ありません。

3 お昼ごはんは 家に 帰りたいです。

4 子どもが いる 生活は 楽しいです。

⑤ 翻譯與解題

請先閱讀下面的文章再回答問題。請從選項 1・2・3・4 當中選出一個最適當的答案。

翻 譯	結婚前我假日總是睡到很晚。12 點左右起床，慢慢地享用早餐，然後掃掃房間、看看書。

現在結了婚，有了小孩，假日也很早起床。我和小孩一起在早上 6 點起床做早餐。小孩吃過早餐、寫過功課，就去朋友家玩，或是去公園，到了午餐時間就會回家。雖然我沒什麼獨處時間，但我每天都很開心。

30

翻 譯	30 請問假日的時候小孩都在做什麼呢？

1 掃掃房間、看看書

2 在朋友家吃中餐

3 去朋友家或公園

4 在 12 點左右起床

答案：**3**

解題攻略	題目中「どうしますか」問的是小孩們的情況、都做些什麼事情。

選項 1 是作者婚前的假日生活，所以錯誤。

選項 2 可見文章第二段「子どもは…お昼ごはんの時間には帰ってきます」（小孩到了午餐時間就會回家）。由此可知小孩並沒有在朋友家吃午餐，所以錯誤。

選項 4，文章第二段提到「子どもといっしょに 6 時ごろに起きて」（我和小孩一起在早上 6 點起床）。小孩起床時間是早上 6 點，所以也錯誤。正確答案是 3。

| 翻 譯 | **31** 請問這個人覺得現在的生活如何呢？ |

1 想要有更多一個人的時間
2 不想早起
3 想回家吃中餐
4 和小孩在一起的生活很快樂

答案：4

| 解題攻略 |

題目問的是作者「今の生活」（現在的生活）。

答案在文章最後一句「一人の時間はあまりありません
が、毎日とても楽しいです」（雖然我沒什麼獨處時間，
但我每天都很開心），表示作者覺得現在有了小孩的生活
很快樂。正確答案是4。

「今は結婚して、子どもがいますので、休みの日も早
く起きます」（現在結了婚，有了小孩，假日也很早起
床），句中的「も」是並列用法，可以翻譯成「也…」，
指平日也和假日一樣要早起。

✏ 重要單字

□ 結婚（けっこん） 結婚	□ 子ども 小孩
□ 起きる（お） 起床	□ 休みの日（やす ひ） 假日
□ ゆっくり 慢慢地；充裕	□ 家（うち） 家
□ 朝ご飯（あさ はん） 早餐	□ 遊ぶ（あそ） 遊玩
□ 部屋（へ や） 房間	□ 公園（こうえん） 公園
□ 掃除（そうじ） 打掃	□ 行く（い） 去

1 　　　　　＋まえ　　（…前）

説明 【動詞辭書形】＋まえ。表示後項發生在前項之前。

例句 結婚^{けっこん}するまえ　子^こどもが　生^うまれました。
小孩誕生於結婚前。

2 　　　　　＋ごろ　　（左右）

説明 【名詞】＋ごろ。表示大概的時間點，一般只接在年、月、日，和鐘點的詞後面。

例句 １１月^{じゅういちがつ}ごろから　寒^{さむ}く　なります。
從十一月左右開始變冷。

3 　　　　　＋てから　　（先做…然後再做…;從…）

説明 【動詞て形】＋から。結合兩個句子，表示動作順序，強調先做前項的動作或前項事態成立，再進行後句的動作。或表示某動作、持續狀態的起點。

例句 お風呂^{ふろ}に　入^{はい}って　から、晩^{ばん}ご飯^{はん}を　食^たべます。
洗完澡後吃晚飯。
[替換單字] 紅茶^{こうちゃ}を　飲^のんで　喝紅茶／勉強^{べんきょう}して　念書／
宿題^{しゅくだい}を　やって　做作業

4 　　　　　＋り＋　　　　　＋り＋する　　（又是…又是…;有時…有時…）

説明 【動詞た形】＋り＋【動詞た形】＋り＋する。可表示動作並列，意指從幾個動作之中，例舉出２、３個有代表性的，並暗示還有其他的。

例句 休^{やす}みの　日^ひは、掃除^{そうじ}を　したり　洗濯^{せんたく}を　したり　します。
假日又是打掃、又是洗衣服等等。
[替換單字] 飲^のんだ　喝・食^たべた　吃／
歌^{うた}った　唱歌・踊^{おど}った　跳舞

STEP
2
練習 ⑥　試しにやってみよう！

つぎの　ぶんしょうを　読んで、しつもんに　こたえて　ください。こたえは　1・2・3・4から　いちばん　いい　ものを　一つ　えらんで　ください。

　きのうは　日曜日でした。朝から　雨が　降って　いましたので、陳さんは、昼まで　家で　テレビを　見たり、本を　読んだり　しました。昼ごはんの　あと、音楽を　聴きながら、部屋の　そうじを　しました。陳さんは　アメリカの　音楽が　大好きです。ゆうがた、友だちの　林さんが　遊びに　来ました。二人は　いっしょに　近くの　スーパーへ　行って、買い物を　しました。それから　陳さんの　家で　晩ごはんを　作って、いっしょに　食べました。自分たちの　国の　料理でした。晩ごはんの　あと　二人で　公園を　散歩しました。

30 きのうの 午前、陳さんは 何を しましたか。

1 音楽を 聴きながら、部屋の そうじを しました。

2 テレビを 見たり、本を 読んだり しました。

3 自分の 国の 料理を つくりました。

4 スーパーへ 買い物に 行きました。

31 スーパーは どこに ありますか。

1 陳さんの 家の 近く

2 アメリカの 近く

3 林さんの 家の 近く

4 林さんの 国の 近く

⑥ 翻譯與解題

請先閱讀下面的文章再回答問題。請從選項１・２・３・４當中選出一個最適當的答案。

翻　譯　昨天是星期天。從一大早就在下雨，所以陳同學一直到中午都在家裡看電視和看書。吃過中餐後，他邊聽音樂邊打掃房間。陳同學最愛美國的音樂。到了傍晚，友人林同學來找他玩。兩人一起到附近的超市買東西。接著兩人在陳同學家裡做晚餐並一起享用。他們做的是自己國家的料理。晚餐過後兩人在公園散步。

30

翻　譯　**30** 請問昨天上午陳同學做了什麼呢？

1 邊聽音樂邊打掃　　　　　　**2** 看電視和看書
3 做家鄉菜　　　　　　　　　**4** 去超市買東西

答案：2

解題攻略　這一題問的是「きのうの午前」（昨天上午），所以要注意時間點。

解題重點在「陳さんは、昼まで家でテレビを見たり、本を読んだりしました」（陳同學一直到中午都在家裡看電視和看書）。「～まで」意思是「在…之前」，表示時間或距離的範圍。「昼まで」（中午之前）和題目的「午前」（上午）意思相同。由此可知答案是選項２。

從文中「昼ごはんのあと、音楽を聴きながら、部屋のそうじをしました」（吃過中餐後，他邊聽音樂邊打掃房間）可知，選項１的時間是「昼ごはんのあと」（吃過中餐後），推估是中午過後，所以選項１錯誤。

從「それから陳さんの家で晩ごはんを作って、いっしょに食べました」（接著兩人在陳同學家裡做晚餐並一起享用）可知選項 3 的時間是傍晚或晚上，所以也錯誤。

從「ゆうがた、友だちの林さんが遊びに来ました。二人はいっしょに近くのスーパーへ行って、買い物をしました」（到了傍晚，友人林同學來找他玩。兩人一起到附近的超市買東西）可知選項 4 的時間是「ゆうがた」（傍晚），所以錯誤。

正確答案是 2。

31

翻　譯　**31** 請問超市位於哪裡呢？

1 陳同學家附近
2 美國附近
3 林同學家附近
4 林同學祖國的附近

答案：**1**

解題攻略　這一題問的是「どこ」（哪裡），也就是詢問位置所在。

文章中提到「二人はいっしょに近くのスーパーへ行って、買い物をしました」（兩人一起到附近的超市買東西），「近く」是指哪裡附近呢？答案就藏在上一句「ゆうがた、友だちの林さんが遊びに来ました」（到了傍晚，友人林同學來找他玩）。

解題關鍵在「来ました」，「来る」（來）表示來到某地。文中，林同學從其他地方來到某地。文章從一開始就在敘述「陳さん」（陳同學），而陳同學白天一直都待在家，所以某地指的就是陳同學的家。正確答案是 1。

✎ 重要單字

- □ 雨が降る 下雨
- □ 本 書
- □ 読む 看（書）
- □ 部屋 房間
- □ 掃除 打掃
- □ 夕方 傍晚
- □ スーパー 超市
- □ 買い物 購物
- □ それから 之後
- □ 自分 自己
- □ 国 國家；祖國
- □ 公園 公園
- □ 散歩 散步

✎ 文法と萬用句型

1 ＿＿＿＿＿＋ながら （一邊…一邊…）

說明 【動詞ます形】＋ながら。表示同一主體同時進行兩個動作，此時後面的動作是主要的動作，前面的動作為伴隨的次要動作，也可使用於長時間狀態下，所同時進行的動作。

例句 歌を 歌いながら 歩きました。
一面唱歌一面走路。
[替換單字] 音楽を 聞き 聽音樂／携帯で 話し 講電話

✎ 小知識大補帖

到日本必逛的就是「スーパー」（超市）了！超市的商品種類繁多，可以以划算的價格買到許多傳統零食和點心，找「お土産」（土產）也很方便哦！如果遇到打折期間，買越多越划算，有時候甚至比便利商店便宜！

練習 ⑦ 試しにやってみよう!

つぎの ぶんを 読んで しつもんに こたえて ください。こたえは 1・2・3・4から いちばん いい ものを 一つ えらんでください。

　きのうの 夜 わたしは 仕事が おわった あと、友だちと ごはんを 食べに 行きました。いろいろな 話を しながら おいしい ものを たくさん 食べました。とても 楽しかった です。でも、家に 帰って から、おなかが 痛く なりました。 家に あった 薬を 飲んで、寝ましたが、きょうの あさも まだ 痛かったです。朝は 何も 食べないで 家を でました。 でも 駅で もっと 痛く なりましたので、会社へ 電話を して、「きょうは 会社を休みます。」と 言いました。それから 病院 へ 行って、もっと いい 薬を もらいました。今は もう おな かは 痛く ありません。

30 きのうの 夜、「わたし」は 家に 帰って から、何を しましたか。

1 友だちと ごはんを 食べました。

2 友だちと いろいろな 話を しました。

3 おなかの 薬を 飲んで 寝ました。

4 病院へ 行きました。

31 きょう、「わたし」は どうして 会社を 休みましたか。

1 朝ごはんを 食べませんでしたから。

2 友だちと ごはんを 食べに 行きましたから。

3 駅で おなかが 痛く なりましたから。

4 きょうは 会社が 休みの 日でしたから。

⑦ 翻譯與解題

請先閱讀下面的文章再回答問題。請從選項 1・2・3・4 當中選出一個最適當的答案。

翻　譯　昨天晚上下班後，我和朋友一起去吃飯。我們一邊聊了很多事情，一邊享用大餐。實在是非常愉快。不過我回到家以後，肚子就痛了起來。雖然吃了家裡的藥就去睡覺，但是今早起來肚子還在痛。我早餐什麼也沒吃就出門。不過等我到了車站，肚子變得更痛了，所以我打了通電話給公司說「今天我要請假」。接著我去了醫院，拿了更好的藥。現在肚子已經不痛了。

30

翻　譯　30 請問昨天晚上「我」回到家以後做了什麼事情呢？

1　和朋友一起吃飯

2　和朋友大聊特聊

3　吃了腸胃藥就去睡覺

4　去醫院

答案：3

解題攻略　這一題問的是「家に帰ってから何をしましたか」（回到家以後做了什麼事情）。因此題目的重點是 "回到家以後" 做的事情。

文中提到「家に帰ってから、おなかが痛くなりました。家にあった薬を飲んで、寝ました」（我回到家以後，肚子就痛了起來。吃了家裡的藥就去睡覺），所以正確答案是 3。

「～てから」有強調動作先後順序的語意，表示先完成前項動作再做後項動作。

「～くなりました」前面接形容詞語幹，表示起了某種變化，在這裡是說肚子本來好好的，卻痛了起來。另外請注意，「吃藥」的日文是「薬を飲みます」，可不是「薬を食べます」喔！

31

翻 譯　　**31** 請問今天「我」為什麼沒去上班呢？

1 因為沒吃早餐　　　　　**2** 因為和朋友去吃飯
3 因為在車站肚子變得很痛　**4** 因為今天公司放假

答案：3

⑦

解題攻略　　這一題以「どうして」（為什麼）詢問理由原因。

答案在「でも駅でもっと痛くなりましたので、会社へ電話をして、『きょうは会社を休みます。』といいました」（不過等我到了車站，肚子變得更痛了，所以我打了通電話給公司說「今天我要請假」）。由此可知「わたし」（我）是因為到了車站後肚子更痛了，所以才打電話給公司請假，因此正確答案是 3。

「ので」（因為）用來表示比較客觀、委婉的原因。遇到以「どうして」（為什麼）詢問原因的題目，就請留意文中有「ので」（因為）的句子。

「会社へ電話をして」（打電話給公司）也可以說成「会社に電話をして」（打電話給公司），比起表示方向的「へ」，「に」的目標更為明確。

文章最後「今はもうおなかは痛くありません」（現在肚子已經不痛了）的「もう～ません」表示某種狀態結束，可以翻譯成「已經不…」。

✔ 重要單字

□ 仕事 工作　　　　　　　　□ 痛い 疼痛

□ いろいろ 各式各樣的　　　□ 薬を飲む 吃藥

□ 話 （説）話　　　　　　　□ 出る 從…出來；離開

□ おいしい 美味的　　　　　□ もっと 更加

□ たくさん 很多　　　　　　□ 会社 公司

□ とても 非常　　　　　　　□ 電話 電話

□ でも 但是　　　　　　　　□ 休む 休息；請假

□ 帰る 回去　　　　　　　　□ もらう 要…；拿…

□ おなか 肚子

✔ 文法と萬用句型

1 まだ＋ _____ （還（沒有）…）

説明　まだ＋【否定表達方式】。表示預定的事情或狀態，到現在都還沒進行，
或沒有完成。

例句　宿題が　まだ　終わりません。
功課還沒做完。

2 なにも＋ _____ （什麼也（不）…）

説明　なにも＋【否定表達方式】。「も」上接「なに」等疑問詞，下接否定語，
表示全面的否定。

例句　今日は　何も　食べませんでした。
今天什麼也沒吃。

✔ 小知識大補帖

如果在日本生病了，該怎麼用日語跟醫生説自己的症狀呢？如果感冒了可以説「風
邪を引きました」、「咳が出ます」（會咳嗽）、「気持ちが悪いです」（不舒服），
拉肚子是「下痢をしています」，發燒是「熱があります」，如果感覺全身無力就
説「だるいです」。出國前先記下這些常見的病症，有備無患！

144

STEP 2 練習 ⑧ 試しにやってみよう！

つぎの ぶんしょうを 読んで しつもんに こたえて ください。こたえは、1・2・3・4から いちばん いい ものを 一つ えらんで ください。

　きょうは いい 天気でしたので、わたしは 友だちと いっしょに 「海の 公園」へ 行きました。 10時に、友だちと 駅で あって、電車に 乗りました。3つ めの 駅で おりて、また バスに 乗りました。11時に、「海の 公園」に 着きました。わたしたちは 公園の いりぐちで じてんしゃを 借りて、公園の なかを 30分ぐらい はしりました。たくさん はしって おなかが すきましたので、お弁当を 食べました。それから、公園の なかを 散歩しました。わたしが いえに 帰って きたとき、もう ゆうがた 5時すぎでした。とても 疲れましたが、おもしろかったです。また 行きたいです。

30 「海の　公園」まで　どう　やって　行きましたか。

1 電車に　乗って、自転車に　乗って、それから　バス
　　で　行きました。

2 電車に　乗って、それから　バスに　乗って　行きま
　　した。

3 電車に　乗って、自転車に　乗って、それから　歩き
　　ました。

4 電車に　乗って、バスに　乗って、それから　自転車で
　　行きました。

31 何時　ごろ　昼ごはんを　食べましたか。

1 10時半　ごろ

2 11時　ごろ

3 11時半　ごろ

4 12時半　ごろ

⑧ 翻譯與解題

請先閱讀下面的文章再回答問題。請從選項 1・2・3・4 當中選出一個最適當的答案。

| 翻 譯 |

今天天氣很好，所以我和朋友一起去了「海濱公園」。我和朋友 10 點在車站碰面，然後搭電車。我們在第 3 站下車，轉搭公車。在 11 點的時候抵達「海濱公園」。我們在公園入口租借腳踏車，並在公園裡面差不多騎了 30 分鐘。騎了很久，肚子很餓，所以吃了便當。接著我們在公園散步。我回到家的時候已經是傍晚 5 點過後。雖然精疲力盡，不過玩得很開心。下次我還想再去。

30

| 翻 譯 |

30 請問他們是怎麼去「海濱公園」的呢？

1 先搭電車，接著騎腳踏車，再搭公車前往
2 先搭電車，接著轉搭公車前往
3 先搭電車，接著騎腳踏車，然後用走的前往
4 先搭電車，接著轉搭公車，然後騎腳踏車前往

答案：2

| 解題攻略 |

這一題問的是去海濱公園的方式。

文中第二句提到「電車に乗りました…またバスに乗りました…」（搭電車…轉搭公車…），由此可知交通方式是「電車→バス」（電車→公車）。因此正確答案是 2。

「また」是「又…」的意思。

31

31 請問他們大約幾點吃中餐呢？

1 10 點半左右
2 11 點左右
3 11 點半左右
4 12 點半左右

答案：**3**

解題攻略

題目中的「何時ごろ」問的是大概的時間，所以要特別留意時間點。

解題關鍵在「11時に…公園のなかを30分ぐらいはしりました…お弁当を食べました」（在11點的時候…並在公園裡面差不多騎了30分鐘…吃了便當），由此可知吃便當的時間是11點半左右，由此可知正確答案是3。

「ぐらい」表示大概的數量、時間。

「それから」（接著…）用於「前面一個動作結束後接著做下一個動作」是表示事情先後順序的接續助詞。

若要表達「在某個地方散步」，會用「～を散歩します」而不是「～で散歩します」。因為「を」有在某一個範圍內移動的語感，「で」則是在某個定點做某件事。

⊘ 重要單字

□ いい 好的
□ 天気（てんき）天氣
□ 海（うみ）海
□ 会う（あう）碰面
□ 電車（でんしゃ）電車

□ 乗る（のる）乘坐
□ ～目（め）第…個
□ 降りる（おりる）下（車）
□ また 又
□ 着く（つく）到達

□ 入り口 入口
□ 自転車 腳踏車
□ 借りる 借（入）
□ ぐらい 大約

□ 走る 跑；行駛
□ おなかがすく 肚子餓
□ お弁当 便當

❷ 文法と萬用句型

1   ＿＿＿＿＋に （在…）

説明 【時間詞】＋に。寒暑假、幾點、星期幾、幾月幾號做什麼事等。表示動作、作用的時間就用「に」。

例句 金曜日に　友達と　会います。
將於星期五和朋友見面。

2   ＿＿＿＿＋に （到…、在…）

説明 【名詞】＋に。表示動作移動的到達點。

例句 ここで　タクシーに　乗ります。
在這裡搭計程車。

3   ＿＿＿＿＋すぎ （過…）

説明 【時間名詞】＋すぎ。接尾詞「すぎ」，接在表示時間名詞後面，表示比那時間稍後。

例句 10時　過ぎに　バスが　来ました。
過了十點後，公車來了。（十點多時公車來了）
[替換單字] 8時 八點／30分 三十分／午後 下午

練習 ⑨ 試しにやってみよう！

つぎの ぶんしょうを 読んで、しつもんに こたえて ください。こたえは、1・2・3・4から いちばん いい ものを 一つ えらんで ください。

　わたしは けさ 6時に 起きました。ゆうべ おそくまで 仕事を したので、起きた とき まだ とても 眠かったです。ですから、朝ごはんを 食べる まえに シャワーを あびました。つめたい シャワーを あびて、すこし 元気に なりました。シャワーを あびた あと、新聞を 読みながら、朝ごはんを 食べました。それから ラジオの ニュースを 聞きながら、出かける 準備を しました。7時半に 家を 出ました。いつもは 自転車で 駅に 行きますが、きょうは 雨が 降っていましたので、歩いて 行きました。駅には いつもより 人が おおぜい いました。電車にも 人が たくさん 乗って いました。とても 大変でした。

30 「わたし」は きょう、朝_{あさ}ごはんを 食_たべながら、何_{なに}を し
ましたか。

1 シャワーを あびました。

2 テレビを 見_みました。

3 新聞_{しんぶん}を 読_よみました。

4 ラジオを 聞_ききました。

31 「わたし」は きょう、何_{なに}で 駅_{えき}へ 行_いきましたか。

1 電車_{でんしゃ}で 行_いきました。

2 自転車_{じてんしゃ}で 行_いきました。

3 車_{くるま}で 行_いきました。

4 歩_{ある}いて 行_いきました。

⑨ 翻譯與解題

請先閱讀下面的文章再回答問題。請從選項 1 · 2 · 3 · 4 當中選出一個最適當的答案。

翻 譯　　我今天早上 6 點起床。昨天工作到很晚，所以起床的時候還很睏，於是我在吃早餐前先去沖個澡。洗冷水澡讓我稍微有點精神。沖過澡後我邊看報紙邊吃早餐。接著我邊聽收音機播報的新聞邊準備出門。我在 7 點半的時候出門。平常都是騎腳踏車去車站，不過今天下雨，所以我用走的去。車站的人比平常還要多。電車上也是人擠人，真是累死我了。

30

翻 譯　　30 請問「我」今天邊吃早餐邊做什麼呢？

1 沖澡　　　　　　　　2 看電視
3 看報紙　　　　　　　4 聽收音機

答案：3

解題攻略

這一題問的是「朝ごはんを食べながら、何をしましたか」（邊吃早餐邊做什麼）。

答案在「新聞を読みながら、朝ごはんを食べました」（邊看報紙邊吃早餐），正確答案是 3。

31

翻 譯　　31 請問「我」今天是怎麼去車站的呢？

1 搭電車去　　　　　　2 騎腳踏車去
3 開車去　　　　　　　4 走路過去

解題攻略

這一題問題關鍵在「何（なに）で」，這個「で」表示手段方法，意思是說用什麼方式前往車站，問的是交通工具。如果是「何（なん）で」則表示詢問原因。

解題重點在「いつもは自転車で駅に行きますが、きょうは雨が降っていましたので、歩いて行きました」（平常都是騎腳踏車去車站，不過今天下雨，所以我用走的去），由此可知今天「わたし」（我）去車站的方式是徒步，所以正確答案是4。

句型「Aは〜が、Bは〜」（A是…，而B卻是…）用於呈現A和B對比。「駅へ行きます」和「駅に行きます」意思相近，都翻譯成「去車站」，只是「へ」強調往車站的方向前進，「に」則是明確地指出去車站這個地方。

「駅にはいつもより人がおおぜいいました」（車站的人比平常還要多）的「より」用來表示比較的基準。

「乗っていました」是用「〜ていました」來描述作者所看到的景象。

重要單字

□ 今朝（けさ） 今天早上
□ 起きる（おきる） 起床
□ 昨夜（ゆうべ） 昨晚
□ 眠い（ねむい） 想睡覺；睏的
□ シャワーを浴びる（あびる） 淋浴；洗澡

□ 準備（じゅんび） 準備
□ 歩く（あるく） 走路
□ いつも 平時
□ 大勢（おおぜい） 大批（人群）

✐ 文法と萬用句型

1 _____ ＋に＋なります （變成…）

說明【形容動詞詞幹】＋に＋なります。表示事物的變化。「なります」的變化不是人為有意圖性的，是在無意識中物體本身產生的自然變化。而即使變化是人為造成的，如果重點不在「誰改變的」，也可用此文法。形容動詞後面接「なります」，要把語尾的「だ」變成「に」。

例句 彼女は 最近 きれいに なりました。
她最近變漂亮了。

[替換單字] 元気 精神／立派 出色／有名 出名／上手 高明

2 _____ ＋ながら （一邊…一邊…）

說明【動詞ます形】＋ながら。表示同一主體同時進行兩個動作，此時後面的動作是主要的動作，前面的動作為伴隨的次要動作，也可使用於長時間狀態下，所同時進行的動作。

例句 音楽を 聞きながら ご飯を 作りました。
一面聽音樂一面做飯。

3 _____ ＋まえに （…之前,先…）

說明【動詞辭書形】＋まえに。表示動作的順序，也就是做前項動作之前，先做後項的動作。

例句 私は いつも、働く まえに 水を 飲む。
我都是工作前喝水。

[替換單字] 寝る 睡覺／勉強する 念書／出かける 出門／
学校へ 行く 去學校

✐ 小知識大補帖

請注意「シャワーを浴びる」指的是淋浴，和「お風呂に入る」（泡澡）可是不同的哦！另外，泡溫泉因為和泡澡一樣有"進入"浴池的動作，所以是「温泉に入る」。

154

STEP 2 練習⑩ 試しにやってみよう！

つぎの ぶんしょうを 読んで、しつもんに こたえて ください。こたえは、1・2・3・4から いちばん いい ものを 一つ えらんで ください。

　きょうの 朝 起きた とき、頭が 痛かったので、病院に 行きました。

　医者は 「熱が ありますね。かぜですね。薬を あげますから、きょうから 3日間 飲んで ください。」と 言いました。

　わたしは 「一日に 何回 飲みますか」と 聞きました。医者は 「朝ごはんと 晩ごはんの あとに 赤い 薬と 青い 薬を 一つずつ 飲んで ください。昼ごはんのあとは 赤い 薬 一つだけです。青い 薬は 飲まないで ください。それから、寝る まえにも 赤い 薬を 一つ 飲んで ください。」と 言いました。

　わたしは 「わかりました。ありがとうございます。」と言って、薬を もらって 家に 帰りました。

30 一日に 何回 薬を 飲みますか。

1 1回

2 2回

3 3回

4 4回

31 昼ごはんの あとは、どの 薬を 飲みますか。

1 赤い 薬を 一つ

2 赤い 薬と 青い 薬を 一つずつ

3 青い 薬を 一つ

4 飲みません

請先閱讀下面的文章再回答問題。請從選項 1・2・3・4 當中選出一個最適當的答案。

翻　譯　今天早上起床的時候頭很痛，所以我去了醫院。

醫生説：「你發燒了，是感冒吧。我開藥給你，請從今天開始連續服用 3 天。」

我問醫生：「一天要吃幾次藥呢？」

醫生表示：「早餐和晚餐過後請吃紅色和藍色的藥各一顆。吃過中餐吃一顆紅色的藥就好，請不要吃藍色的藥。還有，睡前也請吃一顆紅色的藥。」

我回答：「我知道了，謝謝」，便領藥回家。

30

翻　譯　**30** 請問一天要吃幾次藥呢？

1 1 次

2 2 次

3 3 次

4 4 次

答案：4

解題攻略

這一題問題關鍵在「一日に何回」（一天幾次），「時間表現＋に＋次數」表示頻率。

解題重點在醫生的回答，請留意醫生用句型「～てください」對病患下指示的部分。

文中醫生說「朝ごはんと晩ごはんのあとに赤い薬と青い
薬を一つずつ飲んでください」（早餐和晚餐過後請吃紅
色和藍色的藥各一顆）、「昼ごはんのあとは赤い薬一つ
だけです。青い薬は飲まないでください」（吃過中餐吃
一顆紅色的藥就好。請不要吃藍色的藥）、「寝るまえに
も赤い薬を一つ飲んでください」（睡前也請吃一顆紅色
的藥），從這些指示知道吃藥的時間點分別是「朝ごはん
と晩ごはんのあと」（早餐和晚餐過後）、「昼ごはんの
あと」（中餐過後）、「寝るまえに」（睡前），所以一
天共要吃４次藥。

正確答案是４。

31

翻　譯　　31 請問中餐過後要吃什麼藥呢？

1 一顆紅色的藥
2 紅色和藍色的藥各一顆
3 一顆藍色的藥
4 不用吃

答案：**1**

解題攻略

本題同樣要從醫生的指示裡面找出答案。

題目問「昼ごはんのあと」（吃過中餐後），文章裡面提到
這個時間點的地方在「昼ごはんのあとは赤い薬一つだけで
す。青い薬は飲まないでください」（吃過中餐吃一顆紅色
的藥就好。請不要吃藍色的藥）。所以正確答案是１。

「～だけ」（只…）表示範圍的限定，也就是說中餐過後
只要吃一顆紅色的藥就好。

句型「～ないでください」要求對方不要做某件事情。

「薬をもらって家に帰りました」（領藥回家）的「もらう」（拿…）呼應醫生說的「薬をあげますから」（我開藥給你）的「あげる」（給…）。「もらう」有「向某人要某個東西」的語感。

🖊 重要單字

- □ 何回（なんかい） 幾次
- □ 青い（あお） 藍色的
- □ 病院（びょういん） 醫院
- □ 医者（いしゃ） 醫生
- □ 熱がある（ねつ） 發燒
- □ 風邪（かぜ） 感冒
- □ 薬（くすり） 藥
- □ ３日間（みっかかん） 三天期間

🖊 文法と萬用句型

1 ［　　　　　］＋とき　（…的時候…）

說明 【名詞（の）；形容動詞（な）；［形容詞・動詞］普通形；動詞過去形；動詞現在形】＋とき。表示與此同時並行發生其他的事情。

例句 暇（ひま）なとき、公園（こうえん）へ　散歩（さんぽ）に　行（い）きます。
有空時會去公園散步。

🖊 小知識大補帖

日本人生病時，如果病情較輕，會到藥局或藥妝店買藥吃。感冒等小病一般都到附近不需要預約的小診所。如果病情嚴重，小診所的醫生會介紹患者到醫療條件和設備較好的大醫院就診。大醫院幾乎都需要介紹和預約，等待時間也較長。

練習 ⑪ 試しにやってみよう！

つぎの ぶんしょうを 読んで、しつもんに こたえて ください。こたえは、1・2・3・4から いちばん いい ものを 一つ えらんで ください。

田中さん

　お元気ですか。東京は 寒いですか。今年の 台北は いつもの 年より 寒いです。朝と 夜は とくに 寒いので、コートが いります。

　来月 日本語の テストが ありますから、毎日 日本語の CDを 聴いて、勉強して います。難しいですが、日本語が 好きなので、楽しいです。

　でも、あした 学校で 英語の テストが ありますから、きょうは テストの 準備だけ しました。

　もう すぐ クリスマスですね。日本の 人は クリスマスに 何を しますか。台湾では、高くて おいしい レストランに 食事に 行く 人も いますが、わたしは どこへも 行きません。

　田中さんは いそがしいですか。時間が ある とき、メールを くださいね。

陳

STEP 1
チャレンジ編

STEP 2

応用編

⑪

30 陳さんは　いつ　この　メールを　書きましたか。

1　なつ

2　ふゆ

3　はる

4　あき

31 陳さんは　きょう　何を　しましたか。

1　レストランに　食事に　行きました。

2　日本語の　勉強を　しました。

3　英語の　勉強を　しました。

4　何も　しませんでした。

請先閱讀下面的文章再回答問題。請從選項 1・2・3・4 當中選出一個最適當的答案。

翻譯

田中同學

　　近來可好？東京現在很冷嗎？今年台北比以往都還要冷。特別是早上和晚上很冷，大衣都派上用場了。

　　下個月我有日語考試，所以我每天都聽日語 CD 來學習。雖然很難，但是我很喜歡日語，所以很樂在其中。

　　不過明天學校要考英文，所以我今天都在準備這個考試。

　　聖誕節馬上就要到了呢，日本人都在聖誕節做些什麼呢？在台灣，有人會去高價位的美味餐廳吃飯，不過我倒是哪裡也不去。

　　田中同學你忙嗎？有空的話請寫封信給我喔！

陳

30

翻譯　**30** 請問陳同學是在什麼時候寫這封電子郵件的呢？

1 夏天

2 冬天

3 春天

4 秋天

解題攻略

這一題問題重點在「いつ」（什麼時候），從選項可以發現問的是季節。

解題關鍵在「もうすぐクリスマスですね」（聖誕節馬上就要到了呢）。「もうすぐ」是「不久…」的意思，聖誕節在12月25日，可以推斷陳同學寫這封信是在12月，也就是冬天，正確答案是2。

「台湾では、高くておいしいレストランに食事に行く人もいますが、わたしはどこへも行きません」（在台灣，有人會去高價位的美味餐廳吃飯，不過我倒是哪裡也不去），這句話用了對比句型「Aは～が、Bは～」，表示陳同學不像某些台灣人一樣，聖誕節會去餐廳吃飯，他哪裡也不去。「どこへも」（哪裡也…）是表示場所的「どこへ」＋「も」的用法，後面一定要接否定句，表示全面否定。

「時間があるとき、メールをくださいね」（有空的話請寫封信給我喔），「～をください」用於向對方提出要求，後面加上「ね」可以緩和語氣。

31

翻 譯　　**31** 請問陳同學今天做了什麼事情呢？

1 去餐廳吃飯
2 唸日語
3 唸英文
4 什麼也沒做

答案：3

解題攻略

這一題問的是「きょう」（今天），要注意行為發生的時間點。

陷阱在「毎日日本語のCDを聴いて、勉強しています」（所以我每天都聽日語CD來學習），但請注意下一段開頭表示逆接的「でも」（不過）。

下一段開頭提到「でも、あした学校で英語のテストがありますから、きょうはテストの準備だけしました」（不過明天學校要考英文，所以我今天都在準備這個考試）。雖然沒有明確地指出是哪場考試，不過前一句用到表示因果關係的「～から」（因為…），所以判斷這一句和前面提到的英文考試有關，由此可知「テストの準備」是指「英語のテストの準備」。所以正確答案是3。

「～ています」表示習慣、常態性的動作。

「だけ」（只…）表示限定。

重要單字

- □ もうすぐ 快要…
- □ クリスマス 聖誕節
- □ 高い 價位高的
- □ 食事 用餐
- □ 忙しい 忙碌的
- □ お元気ですか 你好嗎
- □ 特に 特別地
- □ コート 大衣

- □ 来月 下個月
- □ 日本語 日語
- □ 聴く 聽（CD）
- □ 英語 英文
- □ 難しい 困難的
- □ 好き 喜歡
- □ 準備 準備

✐ 文法と萬用句型

1 ⬛ ＋が　（表對象；表主語）

說明【名詞】＋が。「が」前接對象，表示好惡、需要及想要得到的對象，還
有能夠做的事情、明白瞭解的事物，以及擁有的物品。

例句 私^{わたし}は　あなたが　好^すきです。
我喜歡你。

2 ⬛ ＋だけ　（只、僅僅）

說明【名詞；形容動詞詞幹な；[形容詞・動詞]普通形】＋だけ。表示只限
於某範圍，除此以外沒有別的了。

例句 お金^{かね}は　ちょっとだけ　貸^かします。
只借一點錢。

[替換單字] ある　有的／できる　可以的（能力範圍內）／あなた　你

▶ **就診**

医者に 行きたいです。
想去看醫生。

病院は どこですか。
醫院在哪裡？

医者を 呼んで ください。
請叫醫生來。

どうしましたか。
怎麼了？

口を あけて ください。
請張開嘴巴。

風邪を ひきました。
我感冒了。

熱が あります。
我發燒了。

薬を 三日分 出します。
我開三天份的藥。

薬は 一日 3回 飲んで ください。
一天請服三次藥。

お薬は 食後に 飲んで ください
請在飯後服藥。

熱が 出ったら 飲んで ください。
發燒時吃這包藥。

朝、昼、晩に 飲んで ください。
早中晚都要吃藥

こちらの　薬は　朝と　夜の　一日　2回、こちらは　朝、昼、晩
一日　3回です。

這種藥請在早晚服用，一天兩次；這種藥則是早中晚服用，一天三次。

お大事に。

請多保重

体を　大事で　ください。

請您保重身體。

ゆっくり　休んで　ください。

請您好好休養。

もう　大丈夫です。

我已經沒事了。

▶ **搭車**

電話で　タクシー　呼びましょう。

我們打電話叫計程車吧。

タクシーは　高いから　地下鉄で　行かない。

搭計程車太貴了，要不要搭地下鐵去呢？

ええ、そうしましょう。

好啊，就這麼辦。

バスより　電車で　行った　ほうが　早く　つきます。

電車比巴士更快到目的地。

うちから　駅まで　歩いて　15分　かかる。

從我家走到車站要花 15 分鐘。

学校へ　何で　行って　いますか。

請問您都怎麼去學校的？

バスで　行って　います。

是搭巴士去的。

MEMO

應用篇

応用編

右の ページを 見て、下の しつもんに こたえて ください。こたえは、1・
2・3・4から いちばん いい ものを 一つ えらんで ください。

　来週、友だちと いっしょに おいしい ものを 食べに 行
きます。友だちは 日本料理が 食べたいと 言って います。
たくさん 話したいので、金曜日か 土曜日の 夜に 会いたい
です。

32 何曜日に、どの 店へ 行きますか。
1 月曜日に、山田亭
2 土曜日か 日曜日に、ハナか フラワーガーデン
3 土曜日に、山田亭
4 日曜日に、おしょくじ 本木屋

STEP 1

STEP 2

チャレンジ編

応用編

①

23階　レストランの　案内

おしょくじ　本木屋（もときや）	日本料理（にほんりょうり）	【月（げつ）～日（にち）】 11：00～15：00
ハナ	喫茶店（きっさてん）	【月（げつ）～金（きん）】 06：30～15：30 【土（ど）、日（にち）】 07：00～17：30
フラワーガーデン	イタリア料理（りょうり）	【月（げつ）～金（きん）】 17：30～22：00 【土（ど）、日（にち）】 17：30～23：00
パーティールーム	フランス料理（りょうり）	【月（げつ）～日（にち）】 17：30～23：00
山田亭（やまだてい）	日本料理（にほんりょうり）	【月（げつ）～金（きん）】 11：30～14：00 【土（ど）、日（にち）】 11：30～23：00

請參照右頁並回答以下問題。請從選項 1・2・3・4 當中選出一個最適當的答案。

32

| 翻 譯 |

下週我要和朋友一起去享用美食。朋友説他想吃日本料理。我想要和他好好地聊個天,所以想在星期五或星期六的晚上見面。

32 請問要在星期幾、去哪間餐廳?

1 星期一,山田亭
2 星期六或星期天,花或 Flower Garden
3 星期六,山田亭
4 星期日,御食事本木屋

23 樓 餐廳介紹

御食事　本木屋	日本料理	【一～日】 11：00～15：00
花	咖啡廳	【一～五】 06：30～15：30 【六、日】 07：00～17：30
Flower Garden	義式料理	【一～五】 17：30～22：00 【六、日】 17：30～23：00
Party Room	法式料理	【一～日】 17：30～23：00
山田亭	日本料理	【一～五】 11：30～14：00 【六、日】 11：30～23：00

解題攻略

這一題要問的是日期和地點，關於地點的解題關鍵在「友だちは日本料理が食べたいと言っています」（朋友說他想吃日本料理）這一句，可見餐廳應該要選日本料理（＝おしょくじ本木屋或是山田亭）。

至於見面時間就要看「たくさん話したいので、金曜日か土曜日の夜に会いたいです」（我想要和他好好地聊個天，所以想在星期五或星期六的晚上見面）這一句，可見應該要選在星期五或星期六，所以選項1、2、4都是錯的，正確答案是3。

「～たい」表示說話者個人的心願、希望。

🖊 重要單字

□ おいしい 美味的
□ 日本料理（に ほん りょう り）日本料理
□ 言う（い）説；講
□ たくさん 很多
□ 話す（はな）説話

□ 土曜日（ど よう び）星期六
□ 喫茶店（きっ さ てん）咖啡廳
□ イタリア料理（りょう り）義式料理
□ フランス料理（りょう り）法式料理

🖊 文法と萬用句型

1 ☐ ＋と　（説…、寫著…）

說明 【引用句子】＋と。「と」接在某人説的話，或寫的事物後面，表示説了什麼、寫了什麼。

例句 子供（こ ども）が 「遊（あそ）びたい」 と言って います。
小孩子説：「想出去玩」。

[替換單字] もう 帰（かえ）ろう 回去吧／行（い）かない 不去／
一緒（いっ しょ）に ゲームしよう 一起玩遊戲嘛

2 ◻◻◻ ＋か＋ ◻◻◻ ＋か　（…或是…）

說明【名詞；形容詞普通形；形容動詞詞幹；動詞普通形】＋か＋【名詞；
形容詞普通形；形容動詞詞幹；動詞普通形】＋か。「か」也可以接在
最後的選擇項目的後面。跟「～か～」一樣，表示在幾個當中，任選其
中一個。

例句 暑^{あつ}いか　寒^{さむ}いか　分^わかりません。
不知道是熱還是冷。

［替換單字］好^すき 喜歡・嫌^{きら}い 討厭／
　　　　　子^こども 小孩・大人^{おとな} 成人／
　　　　　強^{つよ}い 強・弱^{よわ}い 弱

---

❼ **小知識大補帖**

在日本，當然要體驗一下日美食文化了。特別是百貨地下街，各式便當、各類熟食、
日本壽司及中華料理等各種餐點一應俱全，而且價格便宜！

応用編　練習②　試しにやってみよう！

右の ページを 見て、下の しつもんに こたえて ください。こたえは 1・2・3・4から いちばん いい ものを 一つ えらんで ください。

　うちの 近くに スーパーが 二つ あります。いちばん 安い 肉と 卵を 買いたいです。

32 どちらで 何を 買いますか。

1　Aスーパーの 牛肉と 卵

2　Aスーパーの とり肉と Bスーパーの 卵

3　Bスーパーの とり肉と 卵

4　Bスーパーの ぶた肉と Aスーパーの 卵

Aスーパーの 広告

Bスーパーの 広告

② 翻譯與解題

請參照右頁並回答以下問題。請從選項1・2・3・4當中選出一個最適當的答案。

32

| 翻　譯 | 我家附近有兩間超市。我想要買最便宜的肉類和雞蛋。 |

32 應該要在哪一間買什麼呢?

1 A超市的牛肉和雞蛋

2 A超市的雞肉和B超市的雞蛋

3 B超市的雞肉和雞蛋

4 B超市的豬肉和A超市的雞蛋

A超市廣告

B超市廣告

解題攻略

這一題問題關鍵在「いちばん安い肉と卵を買いたいです」，表示作者想買最便宜的肉類和雞蛋，所以要利用Ａ、Ｂ兩間超市的資料進行比價，「いちばん」表示比哪個都強，可以翻譯成「最…」。

從資料中可以看出Ａ超市的雞肉每100公克只要80圓，是所有肉類中最便宜的，所以選項1、4都是錯的。

至於雞蛋，同樣都是12入，Ｂ超市賣得比Ａ超市便宜，所以選項3是錯的，作者應該要在Ａ超市買雞肉，然後在Ｂ超市買雞蛋。正確答案是2。

📍 重要單字

- □ 一番（いちばん）　最…；第一
- □ 安い（やすい）　便宜的
- □ 肉（にく）　肉
- □ 卵（たまご）　蛋
- □ 広告（こうこく）　廣告
- □ とり肉（にく）　雞肉
- □ 円（えん）　日圓
- □ グラム　公克
- □ 牛肉（ぎゅうにく）　牛肉
- □ ぶた肉（にく）　豬肉

📍 文法と萬用句型

1　　　　　＋たい　（…想要…）

説明　【動詞ます形】＋たい。表示説話人（第一人稱）內心希望某一行為能實現，或是強烈的願望。否定時用「たくない」、「たくありません」。

例句　果物（くだもの）が　食（た）べたいです。
我想要吃水果。
［替換單字］お酒（さけ）が　飲（の）み　喝酒／会（あ）い　見面／結婚（けっこん）し　結婚

右の ページを 見て、下の しつもんに こたえて ください。こたえは、1・2・3・4から いちばん いい ものを 一つ えらんで ください。

　月曜日の　朝、うちの　近くの　お店に　新聞を　買いに　行きます。いろいろな　ニュースを　読みたいので、安くて　ページが　多い　新聞を　買いたいです。

32 どの　新聞を　買いますか。

1　さくら新聞

2　新聞スピード

3　大空新聞

4　もも新聞

新聞の案内

新聞の名前	ページ	お金	売っている日
さくら新聞	30ページ	150円	毎日
新聞スピード	40ページ	150円	毎日
大空新聞	40ページ	120円	週末
もも新聞	28ページ	180円	毎日

③ 翻譯與解題

請參照右頁並回答以下問題。請從選項1・2・3・4當中選出一個最適當的答案。

32

翻　譯　星期一早上，我要去家裡附近的商店買報紙。我想閱讀各式各樣的新聞，所以想買既便宜頁數又多的報紙。

32　請問要買哪份報紙呢？

1　櫻花報　　　　2　速度報
3　大空報　　　　4　桃子報

報紙介紹

報紙名稱	頁數	價格	出刊日
櫻花報	30頁	150圓	每天
速度報	40頁	150圓	每天
大空報	40頁	120圓	週末
桃子報	28頁	180圓	每天

答案：2

解題攻略　題目的「どの」（哪一個）用來在眾多選擇當中挑出其中一樣。

從「月曜日の朝、うちの近くのお店に新聞を買いに行きます」這句話可以得知作者要在星期一早上去買報紙，所以只在週末販賣的「大空新聞」，也就是選項3是不適當的。

接著作者表示自己的購買訴求是「安くてページが多い新聞を買いたいです」，所以要從剩下的 3 個選項挑出一個既便宜頁數又多的報紙，比較選項 1、2、4 可以發現選項 2「しんぶんスピード」的頁數最多，售價也最低，因此正確答案是 2。

✷ 重要單字

□ 新聞（しんぶん）報紙
□ いろいろ 各式各樣的
□ ニュース 新聞
□ 読む（よむ）閱讀
□ ので 因為…
□ 案内（あんない）介紹；說明
□ 週末（しゅうまつ）週末

✷ 文法と萬用句型

1 _____ ＋に （去…、到…）

說明 【動詞ます形；する動詞詞幹】＋に。表示動作、作用的目的、目標。

例句 デパートへ 買（か）い物（もの）に 行（い）きます。
到百貨公司去買東西。
[替換單字] 食事（しょくじ）吃飯／映画（えいが）を 見（み）看電影

2 _____ ＋たい （…想要…）

說明 【動詞ます形】＋たい。表示說話人（第一人稱）內心希望某一行為能實現，或是強烈的願望。否定時用「たくない」、「たくありません」。

例句 私（わたし）は 医者（いしゃ）に なりたいです。
我想當醫生。

3 _____ ＋ています （表結果或狀態的持續）

說明 【動詞て形】＋います。表示某一動作後的結果或狀態還持續到現在，也就是說話的當時。

例句 机（つくえ）の 下（した）に 財布（さいふ）が 落（お）ちて います。
錢包掉在桌子下面。

182

応用編 **練習 ④** 試しにやってみよう！

下の ページを 見て、つぎの しつもんに こたえて ください。こたえは、1・2・3・4から いちばん いい ものを 一つ えらんで ください。

　郵便局で、アメリカと イギリスに 荷物を 送ります。アメリカへ 送る 荷物は 急がないので、安い ほうが いいです。イギリスへ 送る 荷物は 急ぐので、速い ほうが いいです。荷物は どちらも ３キロぐらいです。

32　全部で いくら 払いますか。

1　7,500円

2　4,500円

3　10,000円

4　15,000円

外国への 荷物（アメリカと ヨーロッパ）			
	〜２キロ	２キロ〜５キロ	５キロ〜10キロ
飛行機 （１週間ぐらい）	3,000円	5,000円	10,000円
船 （2ヶ月ぐらい）	1,500円	2,500円	5,000円

④ 翻譯與解題

請參照下頁並回答以下問題。請從選項 1・2・3・4 當中選出一個最適當的答案。

32

| 翻 譯 | 我要在郵局寄送包裹到美國和英國。寄到美國的包裹不趕時間，所以用便宜的寄送方式就行了。因為寄到英國的包裹是急件，所以想用比較快的寄送方式。兩個包裹重量都是 3 公斤左右。 |

[32] 請問總共要付多少郵資呢？

1　7,500 圓

2　4,500 圓

3　10,000 圓

4　15,000 圓

國外包裹（美洲及歐洲）

	～2公斤	2公斤～5公斤	5公斤～10公斤
空運 （大約一週）	3,000圓	5,000圓	10,000圓
船運 （大約兩個月）	1,500圓	2,500圓	5,000,圓

答案：1

| 解題攻略 | 題目中「全部で」的「で」表示數量的總計，「いくら」用於詢問價格。本題關鍵在找出包裹的寄送條件，算出郵資的總和。 |

文章第二句「アメリカへ送る荷物は急がないので、安いほうがいいです」（寄到美國的包裹不趕時間，所以用便宜的寄送方式就行了）。因此可知寄到美國的要用便宜的船運。

第三句「イギリスへ送る荷物は急ぐので、速いほうがいいです」（因為寄到英國的包裹是急件，所以想用比較快的寄送方式）。由此得知寄到英國的要用快速的空運。

文章最後提到「荷物はどちらも３キロぐらいです」（兩個包裹重量都是3公斤左右）。由此可知兩個包裹重量都是３公斤左右。

根據表格，船運３公斤的物品要2500圓，空運３公斤的物品要5000圓，「2500＋5000＝7500」，所以總共是7500圓。正確答案是１。

「～ほうがいいです」表示說話者經過比較後做出的選擇，翻譯成「…比較好」或是「我想要…」。

雖然「～に送ります」和「～へ送ります」都表示把東西送到某個地方，不過語感有稍有不同，「に」的寄送地點很明確，翻譯成「送到…」，「へ」則表示動作的方向，翻譯成「送往…」。

「どちらも」的意思是「兩者都…」。「ぐらい」表示大約的數量、範圍。

🖊 重要單字

□ 郵便局（ゆうびんきょく） 郵局

□ アメリカ 美國

□ イギリス 英國

□ 荷物（にもつ） 貨物；行李

□ 送る（おく） 寄；送

□ 急ぐ（いそ） 急於…；急忙

□ キロ 公斤

□ 飛行機（ひこうき） 飛機

□ 船（ふね） 船

1 ___＋へ （往…、去…）

[説明] 【名詞】＋へ。前接跟地方有關的名詞，表示動作、行為的方向，也指行為的目的地。

[例句] 電車で　学校へ　来ました。
搭電車來學校。

[替換單字] レストラン　餐廳／喫茶店　咖啡廳／
八百屋　蔬果店／公園　公園

2 ___＋ほうがいい （最好…、還是…為好）

[説明] 【名詞の；形容詞辭書形；形容動詞詞幹な；動詞た形】＋ほうがいい。用在向對方提出建議、忠告。有時候前接的動詞雖然是「た形」，但指的卻是以後要做的事。也用在陳述自己的意見、喜好的時候。否定形為「～ないほうがいい」。

[例句] 柔らかい　布団の　ほうが　いい。
柔軟的棉被比較好。

[替換單字] 駅に　近い　離車站近／砂糖を　入れない　不要加糖

応用編 練習 ⑤ 試しにやってみよう！

右の ページを 見て、下の しつもんに こたえて ください。こたえは、1・
2・3・4から いちばん いい ものを 一つ えらんで ください。

　今日の　夕方、映画を　見に　行きます。映画の　あとで、
晩ごはんを　食べたいので、6時　ごろに　終わるのが　いいで
す。外国の　ではなく、日本の　映画が　見たいです。

32 　どの　映画を　見ますか。

　1　猫

　2　父の　自転車

　3　とべない　飛行機

　4　小さな　恋

【日本の映画】

11：00～13：30 ローラ

14：00～15：30 夏のおもいで

16：00～18：00 猫

18：30～21：00 父の自転車

【外国の映画】

11：30～13：00
デパートでだいぼうけん

13：30～15：00
とべない飛行機

15：30～18：00 地下鉄

18：30～21：00 小さな恋

映画の案内

猫

応用
編

⑤ 翻譯與解題

請參照右頁並回答以下問題。請從選項1・2・3・4當中選出一個最適當的答案。

32

| 翻　譯 | 今天傍晚我要去看電影。不過看完電影我想吃個晚餐，所以大約在6點結束的電影比較好。我想看日本的電影而不是國外的電影。 |

32 請問要看哪場電影呢？

1 貓　　　　　　　　　　**2** 父親的腳踏車

3 無法飛行的飛機　　　　**4** 小小的戀愛

【日本電影】

11：00～13：30 蘿拉
14：00～15：30 夏日回憶
16：00～18：00 貓
18：30～21：00 父親的腳踏車

【外國電影】

11：30～13：00
百貨公司大冒險

13：30～15：00
無法飛行的飛機

15：30～18：00 地下鐵
18：30～21：00 小小的戀愛

解題攻略　本題必須掌握電影的種類及結束的時間。

文章第一句提到「映画を見に行きます」（我要去看電影），「～に行く」表示為了某個目的前往。

解題關鍵在「6時ごろに終わるのがいいです」（6點結束的電影比較好）、「外国のではなく、日本の映画が見たいです」（我想看日本的電影而不是國外的電影）兩句。

由此可知作者想看約在6點結束的日本電影，符合這兩項條件的是選項1「猫」（貓）。正確答案是1。

「～ごろ」前面接表示時間的語詞，表示大概的時間。「～がいいです」表示經過比較後做出的選擇，可以翻譯為「比較好」或「我想要」。

「外国のではなく」（而不是國外的電影），句中「外国の」的「の」沒有實質意義，只是用來取代「映画」。

句型「Aではなく、Bです」的重點在B，意思是「不是A，而是B」。

🔔 重要單字

□ 夕方（ゆうがた） 傍晚
□ 映画（えいが） 電影
□ ～に行く（い） 去…（做某事）

□ 晩ご飯（ばんはん） 晚餐
□ 終わる（お） 結束

❷ 文法と萬用句型

❶ [　　　] ＋の＋あとで　（…後）

■説明■　【名詞】＋の＋あとで。表示完成前項事情之後，進行後項行為。

■例句■　トイレの　あとで　おふろに　入^{はい}ります。
上廁所後洗澡。

[替換單字] 宿題^{しゅくだい} 作業／テレビ 電視／晩^{ばん}ご飯^{はん} 晚餐／仕事^{しごと} 工作

❷ 小知識大補帖

「映画^{えいが}を見^みる」（看電影）除了上「映画館^{えいがかん}」（電影院）之外，也可以選擇較經濟的「セカンド ラン」（二輪電影）或是「レンタル DVD」（出租 DVD）哦！

⑤

右の ページを 見て、下の、しつもんに こたえて ください。こたえは 1・2・3・4から いちばん いいものを 一つ えらんで ください。

　オレンジ病院へ 行きます。11時前に 着きたいです。山田駅の前で バスに 乗ります。バスは、りんご公園で 一度 とまってから、オレンジ病院へ 行きます。

32 何番の バスに 乗りますか。
1　1番バス
2　2番バス
3　3番バス
4　4番バス

1番バス	山田駅	りんご公園	グレープ病院
	9：15	9：25	9：35
2番バス	山田駅	りんご公園	オレンジ病院
	10：00	10：20	10：50
3番バス	山田駅	りんご公園	オレンジ病院
	10：30	10：50	11：20
4番バス	山田駅	りんご公園	ひまわり病院
	10：00	10：20	10：50

⑥ 翻譯與解題

請參照右頁並回答以下問題。請從選項 1・2・3・4 當中選出一個最適當的答案。

32

翻　譯　我要去橘子醫院。想在 11 點以前抵達。我要在山田車站前面搭乘公車。公車會先在蘋果公園停靠，再往橘子醫院開去。

32 請問要搭乘幾號公車呢？

1　1 號公車
2　2 號公車
3　3 號公車
4　4 號公車

1 號公車	山田車站	蘋果公園	葡萄柚醫院
	09：15	09：25	09：35
2 號公車	山田車站	蘋果公園	橘子醫院
	10：00	10：20	10：50
3 號公車	山田車站	蘋果公園	橘子醫院
	10：30	10：50	11：20
4 號公車	山田車站	蘋果公園	向日葵醫院
	10：00	10：20	10：50

答案：2

解題攻略　這一題的解題關鍵在抓出路線順序和抵達時間。

從文中可以得知，作者從「山田駅」（山田車站）出發，途中會經過「りんご公園」（蘋果公園），目的地是「オレンジ病院」（橘子醫院），所以路線順序是「山田駅→りんご公園→オレンジ病院」，因此選項 1、4 都錯誤。

文章第二句提到「11時前に着きたいです」（想在11點以前抵達），由於選項3的抵達時間是11：20，所以錯誤。選項2的抵達時間是10：50，正確答案是2。

文章最後一句「バスは、りんご公園で一度…」（公車會先在蘋果公園…），「一度」意思是「一次」，表示公車會在蘋果公園停一次車。

✎ 重要單字

□ 病院 醫院
（びょういん）

□ 行く 去
（い）

□ 駅 車站
（えき）

□ 乗る 搭乘
（の）

□ バス 公車

□ 一度 一回；一次
（いち ど）

□ 止まる 停止
（と）

✎ 文法と萬用句型

1 ☐ ＋へ （往…、去…）

説明 【名詞】＋へ。前接跟地方有關的名詞，表示動作、行為的方向，也指行為的目的地。

例句 電車で 学校へ 来ました。
（でんしゃ）（がっこう）（き）
搭電車來學校。

2 ☐ ＋まえ （…前）

説明 【時間名詞】＋まえ。接尾詞「まえ」，接在表示時間名詞後面，表示那段時間之前。

例句 まだ 20歳前ですから、お酒は 飲みません。
（は た ち まえ）（さけ）（の）
還沒滿二十歲，所以不能喝酒。

③ ▢ ＋てから （先做…，然後再做…；從…）

説明 【動詞て形】＋から。結合兩個句子，表示動作順序，強調先做前項的動作或前項事態成立，再進行後句的動作。或表示某動作、持續狀態的起點。

例句 夜、歯を　磨いて　から　寝ます。
晚上刷完牙以後才睡覺。

右の　ページを　見て、しつもんに　こたえて　ください。こたえは　1・2・3・4から　いちばん　いいものを　一つ　えらんで　ください。

32 つぎの　なかで　ただしい　ものは　どれですか。

1　まつりは　朝から　夜まで　あります。

2　まつりには　食べ物の　店は　あまり　ありません。

3　まつりは　とても　静かです。

4　雨の　日に　まつりは　ありません。

夏まつりに 来ませんか。

　ひまわり駅前で　夏まつりが　あります。まつりは　とても　にぎやかです。食べ物の　店も　たくさん　あります。皆さん　ぜひ　来てください。

✦✦✦✦✦✦✦✦✦✦✦✦✦✦✦✦✦✦✦✦✦✦✦✦✦

時間　：　8月7日（土曜日）、8日（日曜日）
　　　　　午後　5時から　午後　10時まで
ばしょ：　ひまわり駅前

※　雨の　日は　ありません。

⑦ 翻譯與解題

請參照右頁並回答以下問題。請從選項１‧２‧３‧４當中選出一個最適當的答案。

32

翻　譯　　[32] 請問下列敘述正確的選項為何？

1 祭典從早到晚都有
2 祭典當中沒什麼販賣食物的攤位
3 祭典十分安靜
4 如果下雨就沒有祭典

要不要來夏日祭典啊？

在向日葵車站前面有舉行夏日祭典。祭典非常熱鬧。有很多販賣食物的攤位。請大家一定要來參加。

時間：８月７日（星期六），８日（星期天）
　　　下午５點至晚上10點
地點：向日葵車站前

※雨天活動停辦。

解題攻略

遇到「つぎのなかでただしいものはどれですか」（請問下列敘述正確的選項為何）、「つぎのなかでただしくないものはどれですか」（請問下列敘述不正確的選項為何）這類題型，建議以消去法作答。

選項1「まつりは朝から夜まであります」（祭典從早到晚都有）是錯誤的，因為傳單上寫祭典的時間是「午後5時から午後10時まで」（下午5點至晚上10點），所以可知早上沒有。

選項2「まつりには食べ物の店はあまりありません」（祭典當中沒什麼販賣食物的攤位）也錯誤。因為傳單上寫道「食べ物の店もたくさんあります」（有很多販賣食物的攤位）。

選項3「まつりはとても静かです」（祭典非常安靜）和傳單上面的「まつりはとてもにぎやかです」（祭典非常熱鬧）意思相反，所以也不正確。

選項4「雨の日にまつりはありません」（如果下雨就沒有祭典）對應傳單上最後一句「雨の日はありません」（雨天活動停辦）。雖然沒有明確指出停辦什麼，不過根據傳單整體內容來看，可以知道停辦的是「まつり」（祭典）。正確答案是4。

「あまり～ません」意思是「不…怎麼…」，表示數量或程度不多、不高。

✏ 重要單字

□ 夏祭り 夏天的祭典

□ ひまわり 向日葵

□ 駅前 車站前面

□ にぎやか 熱鬧

□ 食べ物 食物

□ 店 店家；攤位

□ 皆<ruby>皆<rt>みな</rt></ruby>さん　各位；大家
□ ぜひ　一定；務必
□ 時間<ruby><rt>じ かん</rt></ruby>　時間
□ 日曜日<ruby><rt>にちよう び</rt></ruby>　星期日

□ 午後<ruby><rt>ご ご</rt></ruby>　下午
□ 場所<ruby><rt>ば しょ</rt></ruby>　場所；地點
□ 雨の日<ruby><rt>あめ ひ</rt></ruby>　雨天

---

❶ 小知識大補帖

「お盆<ruby><rt>ぼん</rt></ruby>」（盂蘭盆節）是日本的傳統節日，原本是追祭祖先、祈禱冥福的日子，現在已經是家庭團圓、合村歡樂的節日了。每年七八月各地都有「お盆<ruby><rt>ぼん</rt></ruby>」（盂蘭盆節）祭典，甚至在住宅區的小公園裡，一群鄰居就跳起「盆踊り<ruby><rt>ぼんおど</rt></ruby>」（盆舞）了！

応用編　練習 ⑧　試しにやってみよう！

右の　ページを　見て、下の　みて　しつもんに　こたえて　ください。こたえは、1・2・3・4から　いちばん　いい　ものを　一つ　えらんで　ください。

　さくら　デパートへ　買い物に　行きます。あたらしい　スカートと　こんげつの　ざっしを　買いたいです。それから　さとうと　しょうゆも　買いたいです。

32　何階で　買い物を　しますか。
1　1階、2階、地下1階
2　2階、4階、5階
3　1階、4階、地下1階
4　2階、3階、地下1階

⑧

さくらデパートの　ご案内図

5階		レストラン
4階		本・DVD
3階		電気製品
2階		男の 人の 服 男の 人の 靴
1階		女の 人の 服 女の 人の 靴
地下1階		食べ物
地下2階		駐車場

⑧ 翻譯與解題

請參照右頁並回答以下問題。請從選項 1・2・3・4 當中選出一個最適當的答案。

32

翻　譯　我要去櫻花百貨買東西。我想買新的裙子和這個月出刊的雜誌，接著還要買砂糖和醬油。

32 請問要在哪幾層樓買東西呢？

1 1樓、2樓、地下1樓
2 2樓、4樓、5樓
3 1樓、4樓、地下1樓
4 2樓、3樓、地下1樓

解題攻略　本題解題關鍵在把文章中提到的物品和賣場對應。

作者提到自己想買「スカート」（裙子）、「ざっし」（雜誌）、「さとうとしょうゆ」（砂糖和醬油）。這4樣東西分別在「女の人の服」（女裝）、「本」（書籍）、「食べ物」（食品）這3個賣場販售，所以作者必須去1樓、4樓、地下1樓。正確答案是3。

句型「動詞ます形＋に行きます」表示為了某種目而前往。「買いたいです」（想買）的「～たいです」表示說話者個人的心願、希望。

🕗 重要單字

- □ デパート　百貨公司
- □ 新<ruby>あたら</ruby>しい　新的
- □ スカート　裙子
- □ 今月<ruby>こんげつ</ruby>　這個月
- □ 雑誌<ruby>ざっし</ruby>　雜誌
- □ 砂糖<ruby>さとう</ruby>　砂糖
- □ 醬油<ruby>しょうゆ</ruby>　醬油
- □ 電気製品<ruby>でんきせいひん</ruby>　電器用品
- □ 駐車場<ruby>ちゅうしゃじょう</ruby>　停車場

🕗 小知識大補帖

季節交替的一月和七月是日本服裝大拍賣的時期。一月正值新年，以福袋和冬季減價為號召的拍賣為最大規模，七月的換季拍賣則是多采多姿的夏裝清倉大拍賣，看準這個時期去血拼，可以買到不少好東西喲！

チャレンジ編　STEP 1　STEP 2　応用編　⑨

応用編 練習 ⑨　試しにやってみよう！

右の　ページを　見て、下の　しつもんに　こたえて　ください。こたえは、1・2・3・4から　いちばん　いい　ものを　一つ　えらんで　ください。

32 あさ、雨が　つよく　ふって　います。どうしますか。

1　9時に　駅へ　行きます。

2　8時過ぎに　高橋さんに　電話します。

3　8時に　駅へ　行きます。

4　9時まで　家で　待ちます。

山へ　行きましょう

　　秋に　なりました。緑色の　山が、赤や　黄色に　なって
きれいです。いっしょに　見に　行きませんか。

行く　ところ：　ぼうし山
行く　日：　10月8日（土）
あつまる　時間：　あさ　9時
あつまる　ところ：　駅
持って　くる　もの：　お弁当、飲み物

　　行く　日の　あさ、雨が　つよく　降って　いる　とき：
8時まで　家で　待って　から、わたしに　電話を　して
ください。
　　8時の　天気を　見て、行くか　行かないか　きめます。
8日に　行かない　ときには、9日（日）に　行きます。

　　　　　　　　　　　　　　　　　　　　　　　高橋花子

⑨ 翻譯與解題

請參照右頁並回答以下問題。請從選項 1・2・3・4 當中選出一個最適當的答案。

32

翻譯 **32** 早上雨勢很大，請問該怎麼辦呢？

1　9 點去車站
2　8 點過後打電話給高橋小姐
3　8 點去車站
4　在家裡待到 9 點

一起去登山吧

　　秋天來臨了。充滿綠意的山頭也染成一片紅黃，十分美麗。要不要一起前往欣賞呢？

前往景點：帽子山
前往日期：10月8日（六）
集合時間：早上9點
集合地點：車站
攜帶物品：便當、飲料

如果當天早上下大雨：在家裡等到8點，然後打電話給我。看8點的天氣如何，再決定要不要去。如果8日取消，改成9日（日）再去。

高橋花子

解題攻略

這一題以「どうしますか」問該採取什麼行動。可以從文中表示要求、命令的「〜てください」裡面找到答案。

解題重點在「行く日のあさ、雨がつよく降っているとき：8時までいえで待ってから、わたしに電話をしてください」（如果當天早上下大雨：在家裡等到8點，然後打電話給我）。這張公告的負責人最後署名「高橋花子」，所以可知若下大雨，則要在8點多的時候打電話給高橋小姐，所以正確答案是2。

「まで」表示時間的範圍，可以翻譯成「到…」。「〜てから」強調動做的先後順序，表示先做前項動作再做後項動作。

✐ 重要單字

□ 大変 辛苦；嚴重
□ 秋 秋天
□ 緑色 綠色
□ 赤 紅色
□ 黄色 黃色

□ 一緒に 一起
□ 集まる 集合
□ 飲み物 飲料
□ 強く 強烈地

✐ 文法と萬用句型

1 ☐ ＋ましょう （做…吧）

說明 【動詞ます形】＋ましょう。表示勸誘對方跟自己一起做某事。一般用在做那一行為、動作，事先已經規定好，或已經成為習慣的情況。

例句 ちょっと 休みましょう。
休息一下吧！

[替換單字] 会い 見面／飲み 喝／手伝い 幫忙

「同音異字」：讀音相同但寫法不同的字，字義有可能也不同，像是「あつい」，寫成漢字後變成「<ruby>熱<rt>あつ</rt></ruby>い」（熱的、燙的）、「<ruby>暑<rt>あつ</rt></ruby>い」（天氣炎熱的）、「<ruby>厚<rt>あつ</rt></ruby>い」（厚的），意思就完全不同了！

右の ページを 見て、下の しつもんに こたえて ください。こたえは、1・
2・3・4から いちばん いい ものを 一つ えらんで ください。

32 マンションの 人は、来週の 水曜日と 木曜日には、そ
とに 出るとき、どうしますか。

1 来週の 水曜日の 午前 10時には、階段を つかい
ます。

2 来週の 水曜日の 午後 3時には、エレベーターを
つかいます。

3 来週の 木曜日の 午前 11時には、エレベーターを
つかいます。

4 来週の 木曜日の 午後 3時には、階段を つかい
ません。

アパートの　皆さんへ

8月23日

エレベーターを　調べます

　エレベーターの　悪い　ところを　調べます。次の　時間は
エレベーターを　使わないで　ください。すみませんが、階段を
使って　ください。調べる　会社の　人は、会社と　自分の
名前を　体の　前に　つけて　います。

調べる　日：来週の　水曜日と　木曜日
時間：午前　9時から　午後　5時まで
調べる　会社：ささきエレベーター

　この　時間、エレベーターを　乗る　ことは　できません。

おおた不動産
電話　××-××××-××××

⑩ 翻譯與解題

請參照右頁並回答以下問題。請從選項 1・2・3・4 當中選出一個最適當的答案。

32

翻 譯

32 請問大樓住戶如果要在下週三、下週四出門，應該怎麼辦呢？

1 下週三的上午 10 點，爬樓梯
2 下週三的下午 3 點，搭乘電梯
3 下週四的上午 11 點，搭乘電梯
4 下週四的下午 3 點，不能爬樓梯

給各位大樓住戶

8月23日

電 梯 維 檢

近日要檢查電梯故障問題。以下時段勞煩各位利用樓梯上下樓，請勿搭乘電梯。維修公司人員將會在胸前配戴公司名稱及姓名。

維檢日：下週星期三及星期四
時間：上午9點至下午5點
維修公司：佐佐木電梯

以上時段將無法搭乘電梯。

太田不動產

電話　××-××××-××××

解題攻略

這一題必須用刪去法作答，要注意公告裡面提到的限制條件。

解題重點在「次の時間はエレベーターを使わないでください。すみませんが、階段を使ってください」（以下時段勞煩各位利用樓梯上下樓）。句中的「すみませんが」是前置詞，經常用在拜託別人的時候。「次の時間」指的是下面的「調べる日」（維檢日）和「時間」，也就是下週三、四的上午 9 點到下午 5 點，這段時間不能使用電梯，只能爬樓梯。符合這個條件的只有選項 1，正確答案是 1。

「〜ことができません」表示不允許去做某件事情，公告最後一句用「は」來取代「が」寫成「〜ことはできません」表示對比關係，暗示雖然沒辦法搭電梯，但可以利用其他方式上下樓（爬樓梯）。

題目中的「そとに出るとき」（外出）的「〜に出る」，表示離開某個地方、出去到另一個地方。如果改成「〜を出る」，僅單純表示離開某個地方。

✔ 重要單字

□ マンション 公寓大樓；高級公寓
□ エレベーター 電梯
□ 調べる 檢查
□ 階段 樓梯

□ つける 附在…；掛在…
□ 来週 下週
□ 水曜日 星期三
□ 木曜日 星期四

✔ 文法と萬用句型

1 ☐ ＋ないでください （請不要…）

說明 【動詞否定形】＋ないでください。表示否定的請求命令，請求對方不要做某事。

例句 授業中は　しゃべらないで　ください。
上課時請不要講話。

練習⑪ 試しにやってみよう！

右の ページを 見て、下の しつもんに こたえて ください。こたえは、1・
2・3・4から いちばん いい ものを 一つ えらんで ください。

32 ただしい ものは どれですか。

1　2月3日に 図書館に 来る 人は、東駅で おりて
　　バスに 乗って ください。

2　2月3日に 図書館に 来る 人は、車を 使って
　　ください。

3　2月3日は、電車や 地下鉄で 図書館に 来る こと
　　が できません。

4　2月3日は、車や バスで 図書館に 来る ことが
　　できません。

図書館に　来る　人へ

11月20日

道を　修理します

　2月3日（火）に、図書館の　前の　道を　修理します。この　日は、修理に　使う　大きい　車が　出たり、入ったりしますので、その　ほかの　車は　図書館の　前の　道に　入る　ことが　できません。この　日は　バスも　走りません。図書館には　電車か　地下鉄で　来て　ください。東駅で　おりて、歩いて　5分ぐらいです。

修理の　日：2月3日（火）
時間：午前　10時から　午後　5時まで
ところ：図書館の　前の　道

車と　バスは　入る　ことは　できません。
電車か　地下鉄の　東駅から、歩いて　来てください。

東 図書館

請參照右頁並回答以下問題。請從選項 1 ‧ 2 ‧ 3 ‧ 4 當中選出一個最適當的答案。

32

翻 譯　32 請問下列敘述何者正確？

1 2 月 3 日來圖書館的人，請在東站下車轉搭公車
2 2 月 3 日來圖書館的人請開車
3 2 月 3 日無法搭乘電車或地下鐵來圖書館
4 2 月 3 日無法開車或搭乘公車來圖書館

致各位圖書館使用者

11月20日

道路施工

　　2 月 3 日（二），圖書館前的道路將進行施工。到時將有大型工程車進出，所以其餘車輛無法進入圖書館前的道路。當天公車也會停駛。請搭乘電車或是地下鐵前來圖書館，在東站下車，徒步大約5分鐘。

施工日：2 月 3 日（二）
時間：上午10點至下午 5 時
地點：圖書館前的道路

汽車和公車無法通行。
請從電車或地下鐵的東站走路過來。

東圖書館

解題攻略

遇到「ただしいものはどれですか」（請問正確的選項為何）、「ただしくないものはどれですか」（請問不正確的選項為何）這類題型，建議用消去法來作答。

公告第一句提到「この日は、修理に使う大きい車が出たり、入ったりしますので、そのほかの車は図書館の前の道に入ることができません。この日はバスも走りません」（到時候將有大型工程車進出，所以其餘車輛無法進入圖書館前的道路。當天公車也會停駛）。「そのほかの車」指的是除了工程車以外的車輛，從公告最下面「車とバスは入ることはできません」（汽車和公車無法通行）可以知道是指汽車和公車。

公告最後提到2月3日去圖書館的方式是「図書館には電車か地下鉄で来てください」（請搭乘電車或是地下鐵前來圖書館）。

「～ことができません」表示不允許去做某件事情。

「電車か地下鉄で」的「か」意思是「或」，表示在幾個當中選出一個。「で」表示工具、方法、手段，可以翻譯成「靠…」或「用…」。

選項1、2都錯誤，因為公告有說汽車和公車不能開到圖書館。

選項3也錯誤，因為公告有請大家當天利用電車或地下鐵前往圖書館。

選項4「車やバス」（汽車或公車）的「や」用於在一群事物中舉出幾個例子。正確答案是4。

- □ 図書館 圖書館 （としょかん）
- □ 道 道路 （みち）
- □ 修理 整修 （しゅうり）
- □ バスが走る 公車行駛 （はし）

- □ 電車 電車 （でんしゃ）
- □ 降りる 下（車） （お）
- □ 正しい 正確的 （ただ）

小知識大補帖

近幾年來，日本具特色、質感的圖書館已經成為旅客必訪的景點之一，例如「東京北區中央圖書館」以紅磚打造外牆，古色古香、「秋田國際大學圖書館」木製的半圓環設計溫暖又壯觀、「石川金澤海洋未來圖書館」搶眼的純白色設計，頗具前衛的時尚感。

▶ **購物**

かばんを 探して います。
我在找包包。

こちらの 白は ありますか。
請問這個還有白色的嗎？

こちらの 小さい サイズは ありますか。
請問有這個的小尺碼嗎？

これを 見せて ください。
請讓我看一看這個。

これを ください。
請給我這個。

赤い ほうを ください。
請給我紅色的。

もっと 明るい 色が ほしいです。
我想要更明亮的顏色。

すみません。出て いる だけです。
不好意思，只有現場陳列的這些而已。

これは おいくらですか。
請問這個多少錢？

私には ちょっと 高いです。
對我來說有點貴。

これに します。
我要這個。

▶ 用餐

朝は　パンと　果物です。
我早餐都吃麵包和水果。

夕飯は　家族　みんなで　食堂で　食べます。
全家人一起去大眾食堂吃晚餐。

父の　誕生日　なので、お寿司を　とりました。
由於是父親的生日，訂了外送壽司。

お飲み物は　何に　いたしましょうか。
請問您想喝點什麼飲料呢？

そうですね。コーヒーを　ください。
讓我想一想，請給我咖啡。

母の　料理は　みんな　おいしいです。
媽媽煮的菜每一道都好好吃。

肉だけじゃなく、野菜も　食べなさい。
不要只吃肉，也要吃青菜。

▶ 圖書館

図書館は　朝　9時から　夜　8時まで　あいて　います。
圖書館從早上九點開到晚上八點。

木曜日は　図書館は　休みです。
星期四是圖書館的休館日。

私の　町の　図書館では　1回に　5冊まで　貸して　くれる。
我們社區的圖書館，每次最多可以借五本書。

2月20日までに　ご返却　ください。
請在二月二十號前歸還。

図書館で　勉強しない？
要不要一起去圖書館讀書？

図書館は　静かで　いいですね。
圖書館裡非常安靜，挺適合讀書哦。

MEMO

出擊！
日語閱讀自學大作戰
初階版 Step 1

[25K]

【日語神器 02】

■ 發行人／**林德勝**

■ 著者／**吉松由美、西村惠子**

■ 出版發行／**山田社文化事業有限公司**
地址　臺北市大安區安和路一段112巷17號7樓
電話　02-2755-7622　02-2755-7628
傳真　02-2700-1887

■ 郵政劃撥／**19867160號　大原文化事業有限公司**

■ 總經銷／**聯合發行股份有限公司**
地址　新北市新店區寶橋路235巷6弄6號2樓
電話　02-2917-8022
傳真　02-2915-6275

■ 印刷／**上鎰數位科技印刷有限公司**

■ 法律顧問／**林長振法律事務所　林長振律師**

■ 書／**定價　新台幣320元**

■ 初版／**2018年 8 月**

© ISBN : 978-986-246-506-6
2018, Shan Tian She Culture Co. , Ltd.

STS

山田社